KB270475

나일강의 꽃

서종남 수필집

나일강의 꽃

선우미디어

다양한 내용과 풍부한 서구문화 애기 돋보여
-『나일강의 꽃』 재판에 붙여

피천득 | 수필가

매우 재미있는 책이다.

내용이 다양하고 특히 서구적 문화에 대한 지식이 풍부하다.

저자는 학문적으로나 가정적으로나 매우 유복한 분이나 전혀 위화감을 갖지 않게 한다.

이는 그의 소탈한 성격과 기독교적 정신이 배어 있기 때문이리라.

독자 여러분의 일독을 권한다.

2004년 6월 14일

피 천 득

나일강변을 곱게 물들이던 五月의 꽃

글을 쓸 때면 왠지 맨살을 드러내는 것 같아 부끄럽기만 하다. 그럼에도 왜 글쓰기를 멈추지 못하는 것일까.

어린 시절, 서당에서 천자문을 통해 새로운 것을 알아가는 재미를 터득하게 되면서부터 미지의 세계가 담겨 있는 책읽기를 즐겨하였고, 서투른 필치나마 글을 쓰곤 하였다.

언젠가는 그러한 글들을 잘 다듬고 가꾸어 문학적 향취가 배어나는 책을 내고 싶다는 꿈을 가꾸면서도 아직껏 원고들은 서랍 속에서 잠자고 있었다.

사유의 앙금과 삶의 여정에서 만났던 귀한 인연들, 그리고 여행 중에 그토록 가슴 적시던 객수감에서 생성된 결정들을 모아 이제 「나일강의 꽃」으로 출간하게 되었다. 하지만 글은 진솔한 내적 표현이어야 함에도 적나라한 자신을 드러내기 두려워 알맹이는 흘려보내고, 진실의 무게가 실리지 못한 여과되지 않고 설익은 글들만 내놓은 것 같아 마음이 무겁기도 하다. 진정, 순수와 열정의 컬러필터를 통과한 이성과 감성이 함께 살아 숨 쉬는 정제되고 인간미 넘쳐나는 그런 글을 쓰고 싶었기 때문이다.

이십 대에 이국땅에서 인생을 배우며 때로는 쓸쓸함과 그리움으로 애타할 때, 나일강변을 온통 붉게 물들이던 5월의 꽃(May Flower)은 내 마음에 수채화처럼 편안하게 다가와 행복을 주었다.

그 五月의 꽃처럼 이 조그만 책도 읽는 분들에게 한 점 향기로 다가가 기쁨을 전할 수 있는 전령사가 되기를 소망하며, 주변 없는 내게 용기를 주고 이 책이 나오기까지 성원해 주신 모든 분들께 깊은 감사를 드린다.

2003년 12월
서종남

차례

2부 나일강의 꽃

3부 메밀꽃 필 무렵의 효석 마을

1부
겨울의 서정

더기 백

각 민족의 생긴 모습이 다르듯 음식문화도 다양하다.

우리민족도 예전 어른들 대에는 음식을 대접받을 때 조금 남기는 것이 예의였다고 한다. 어렵던 시절 손님접대로 안주인은 대부분 식량이 부족하여 때를 거르게 되었기 때문이란다. 그러나 요즘은 뷔페를 먹을 때도 한 라운드만 돌면 혹시 음식이 맛이 없었나 하여 안주인이 섭섭해 할까봐서 적게라도 두 차례는 돌아주는 것이 예의다.

마찬가지로 서양 상류사회의 식사 예절에는 고급 레스토랑에서 식사를 할 때는 아무리 맛이 있어도 마지막 조금은 남기는 것이 세련된 매너라고 한다. 만약 하나도 남기지 않으면 너무 허기졌기 때문에 다 먹은 것이라고 이해되지만, 조금 남기면 배가 고프지 않은 데도 맛이 있기 때문에 이렇게 많이 먹어준 것이라는 의미가 되므로, 이것이 주방장에 대한 최대의 예의라는 것이다.

요즘 음식점에 가보면 기본 음식으로 나오는 반찬들이 남아서 버려지는 것을 흔히 볼 수 있다. 손님의 식성과는 상관없이 주인 마음대로 만들어 내놓는 음식이므로 먹지 않거나 아니면 너무 많아 그대로 남기게 되는 것이다. 뿐만 아니라 본인들이 주문한 음식이 남아도 싸달라고 하기가 미안스러워 그대로 두고 오는 것을 보기도 한다. 그러나 모든 것이 풍부한 미국에서도 사람들이 음식을 주문할 때면 보통 몇 분 정도는 메뉴를 잘 살펴보고 주문을 한다. 자신들의 취향과 음식의 양 등을 고려하여 신중히 결정하는 것이다. 그래서인지 음식을 남기는 일이 별로 없다. 심지어 프랑스인들은 빵으로 접시를 닦다시피 하며 소스를 먹는 이도 있고 또 그것이 예의라고도 한다.

미국 뉴저지에 살 때이다. 어느 한국 식당에서 보았던 재미있는 일이 생각난다. 다양한 서비스와 음식 맛으로 그 곳에서는 잘 알려진 식당이었는데 친구들과 골프를 치고 점심을 먹기 위해 그곳을 찾았다. 안쪽에 들어가 한가한 자리에 앉아 식사를 기다리고 있었다. 마침 옆 식탁에 있던 한 미국 신사가 음식을 주문했다. 잠시 후 종업원이 기본으로 서비스하는 풍성한 음식들을 가지고 왔다. 그것을 본 미국 신사가 나는 이런 것을 주문한 적이 없다고 하자 종업원이 이것은 언더하우스(무료 서비스) 품목이라고 설명해 주었다. 그러자 그 신사는 정중히 종업원에게 "실례지만 아까 주문한 음식은 취소하고 이것만 먹고 가도 되겠느냐"고 물었다. 물론 조크이지만 이 말이 시사하는 의미는 크다고 본다. 이유인즉 이것만으로도 충분하기 때문이라는 뜻이리라. 난 그 모습을 보고 웃을 수만은 없었다.

당시 그곳의 한국식당들은 매출경쟁이 심해 유난히 밑반찬이 많이 나왔던 때였다. 우리나라 사람끼리의 경쟁으로 스스로를 무너뜨리는 경영법이 못내 아쉬웠다.

얼마 후 그 식당은 문을 닫았다. 나는 그곳에 있는 동안 한국음식점을 하는 분들에게 모든 음식의 양을 줄이고 주문한 음식만을 제공하는 대신 값을 내리도록 여러 번 권유한 적이 있다. 그렇게 되면 쓸데없이 음식을 버리지 않아도 되고 값싸게 자신이 원하는 음식만 먹을 수 있으니 좋지 않겠느냐고 말이다. 그러나 그들도 공감은 했지만, 그렇게 되면 이곳에서는 장사를 할 수가 없노라고 했다. 전쟁과 가난으로 늘 풍성한 접대를 미덕으로 삼았던 우리의 문화는 우선 많은 서비스 음식을 내놓아야만 대우받는 기분이 느껴져 다시 찾는다는 것이다. 그러나 일인분을 혼자 먹기에는 너무 양이 많았던 한국식당의 음식값은 결국 소비자인 우리가 지불하거나 아니면 식당주가 부담해야 하는 것이니 어느 쪽이든 우리 민족의 낭비가 아닌가 한다.

이렇듯 음식을 낭비하는 것은 다른 나라 식당에서는 보기 드문 일이다. 특히 일본식당에서는 단무지조차도 더 주문할 때는 추가로 돈을 내야 하기 때문이다.

미국인들은 때로 식당에서 주문한 음식이 남으면 아주 재미있는 말로 부탁을 한다. "더기 백(Doggy Bag)을 해 주실 수 있나요?" 그러면 어느 음식점이나 "물론입니다" 하며 예쁘게 싸서 집에 갈 때 준다. 말인즉 "강아지 먹이로 싸주시겠어요?"이다. 그러나 그것을 정말 강아지에게 주는 사람은 드물 것이다. 그래서 오늘날에는 "남은 음식을 싸주실 수 있나요"란 의미로 통용되는 말이다. 어느 미국인 교수님의 설명에 의하면 그들도 남은 음식을 가져가는 것이 쑥스러워 '강아지에게 주게 싸주시겠어요'라고 한데서 유래된 말이라고 했다. 이런 면에서 그들의 유머와 생활의 재치를 엿볼 수 있을 뿐만 아니라 아무리 선진 국민이며 풍부한 나라라고 해도 음식을 버리는 것은 절대로 미덕이 될 수 없다는 것을 보여 주는 예이기도 하다. 미국에 오랜 동안 살면서 그곳 사람들의 생활을 보며 배운 점이 참으로 많다.

어느 날 옆집에 사는 베키(그리스계 미국인으로 나의 친구)가 큰 치즈와 햄 반 덩이씩을 각각 가지고 왔다. 웬 것이냐고 하니 도매상에서 싸서 사왔는데 너무 양이 많아서 나누어 먹으려고 가져왔다는 것이다. 나는 고마운 마음에 보답하려고 그 값을 물었다. 그러나 그녀는 펄쩍 뛰면서 신선할 때 함께 나눠 먹으려고 가져 온 선물이라고 했다.

순간 한국에서 살 때 아파트 청소하시는 아주머니로부터 들었던 말이 떠올랐다. 그 때는 쓰레기 종량제가 실시되기 이전이었기 때문에 모두 쓰레기통에 직접 버리고 있었다. 우리가 2층에 살고 있어서 도우미 아주머니들은 가끔 힘들거나 더운 날엔 우리 집에 들러 어머님과 차를 마시거나 더운 날엔 얼음을 가져가기도 하며 지냈다.

어느 날 아주머니가 몹시 화난 얼굴로 퇴근하여 들어오는 나에게 "이것 좀 보세요" 하며 비닐 주머니 3개를 열어 보였다. 하나는 쌀이고 다른 하나는 통닭인데 온전한 것이었으며 나머지는 조금 먹다 남은 케이크였다. 갑작스러워서 "이게 무엇입니까?"라고 묻자, "쓰레기통에 버리는 것을 가져오는 거예요"라고 했다. 그러면서 "이런 걸 버리면 죄로 가지 않겠어요? 조금 맛이 간 듯 하지만 먹을 수는 있을 것 같아 집에 가져가려고요. 새댁이 쌀에 벌레가 조금 났다며 버리기에 "그건 그냥 밥으로 해 먹어도 괜찮고 밥이 맛이 없으면 떡이라도 해 먹으면 된다"고 하니, 그 새댁이 "맛있는 음식도 살이 찔까봐 다 못 먹고 사는데, 왜 변해서 맛없는 것까지 먹느냐"고 하더라는 것이다. 그러면서 그런 말이 자신들에게는 얼마나 상처를 주는 말인가 상상이나 할 수 있겠느냐고 했다.

아주머니는 "쓰레기통에 버리지 말고 그대로 주면 좀 좋겠어요" 하며 버린 사람을 원망하고 있었다. 나는 "그렇지만 그분도 그렇게 온전치 못해 자신들이 먹지 못하겠다고 생각한 것을 어떻게 남을 드리겠어요? 그러니 이해하셔요"라는 궁색한 대답만을 남기고 민망하여 집으로 쫓기듯 들어오고 말았다.

오래 전 이집트에 살고 있을 때 알고 지냈던 마티나라는 수녀님을 생각했다. 수녀님은 남에게 헌 옷을 줄 때도, 반드시 빨아 다림질을 한 후 반듯한 포장에 넣어서 주었고 음식이 많을 때는 못 먹게 됐을 때 남에게 주지말고, 꼭 신선할 때 이웃과 나누어 먹어야 한다고 했다.

만약 그 새댁이 식구가 없어 남을 것 같았으면 신선할 때 아주머니들에게 주었다면 얼마나 고마운 일이었을까. 그 때의 말이 지금까지도 내 마음에 남아 있다. 아주머니는 이런 일이 너무도 흔한 예라고 했으며, 절대로 상하려고 하기 전에는 버리지 않는다고 했다. 난 그 후로는 어느 것이든 좀 많은 듯하면 새 것일 때 얼른 나누는 것을 습관으로 삼게 되었다.

베키는 그들의 명절 때가 되면 절기음식을 해서 예쁘게

포장하여 이웃에 나누어주거나, 식사 등에 초대받아 갈 때는 가져가기도 했다. 케이크나 파이도 집에서 굽지만 그것을 예쁜 포장지에 싸고 리본을 달면 훌륭한 선물이 되는 것이다.

어느 해인가 미국에서는 연례행사와도 같은 애플 피킹(사과밭에 가서 직접 따서 싸게 사는 것)에 갔다가 사과를 많이 사 왔다. 아주 맛이 있고 싱싱해서 이웃집 할머니 댁에 예쁜 바구니에 담아 가져다 드렸다.

미국인들은 어느 것이라도 선물을 받을 땐 지나치리만큼 감사의 표현을 한다. 나중에 집에 돌아와 두어 시간쯤 지났을까 누군가 벨을 눌러 나가보니 할머니의 손에는 따끈따끈한 사과파이가 들려 있었다. 싱싱한 사과라야 파이가 제 맛이어서, 이렇게 예쁘고 싱그러운 사과를 보니 감사해서 곧바로 만들어 왔다고 했다. 우리는 따끈한 차와 함께 사과보다 더 달고 향기로운 이웃의 정을 나누었다.

풍요로운 나라 사람들이지만 슈퍼에 가서 보면 멜론도 ¼쪽, 샐러리도 반쪽 등 꼭 필요한 양만을 사서 버리지 않는 검소함을 보인다. 게다가 봉사하는 일에도 인색하지 않다. 아끼고 저축했다가 꼭 필요한 이들에게는 기꺼운 마음으로 아낌없이 도움을 준다. 그러면서도 음식점에서 남은 음식은 더기 백을 해올 수 있는 알뜰한 사람들이다.

나도 식당에서 음식이 남으면 더기 백에 가져온다. 그러나 강아지가 아닌 나는 늘 맛있게 먹는다. 더기 백이라는 예쁜 이름처럼.

더기 백의 알뜰함을 이웃과 정으로 나누며 우리의 가난한 마음을 채울 수 있다면 얼마나 포근한 삶이 될까.

(「月刊文學」 390호, 한국문인협회 발행, 2001. 8월호)

새보기

내 고향은 충청도 깊은 두메이다.

마당에 널린 빨간 고추멍석에서부터 가을이 물들어 오는
고즈넉한 마을이었다. 병풍처럼 산으로 둘러싸인 곳이어서
변해오는 산 빛으로 계절의 바뀜을 느낄 수 있었다. 울긋불
긋한 단풍이 아이들 가슴까지 내려오면 나는 설레는 마음을
다잡지 못하고 단풍잎을 줍느라 하루해를 다 보냈다. 주웠다
가도 더 고운 단풍잎이 있으면 집고 또 버리고 새로 줍고 그
러다 보면 손에는 달랑 한두 잎뿐이었다.

마을의 시내를 낀 나지막한 언덕 위에 밤하늘 별떨기 같
은 코스모스로 둘러싸인 곳이 우리 집이었다. 백합, 다알리
아, 채송화, 등꽃, 봉숭아꽃 등이 활짝 핀 초가 마당은 유난
히도 햇빛이 밝았다.

코스모스 꽃잎을 따서 입에 물고 잘근거리던 그 시절, 나

는 이따금 고추잠자리를 쫓아 하루해를 넘기며 이 골목 저 골목을 뛰어다녔다. 밀밭 고랑에서 술래잡기도 하고 코스모스 가지를 잘라 빗자루를 만들기도 했다. 또 맑게 갠 날에도 피마자 잎을 따서 거꾸로 받쳐 들고 우산이라 쓰면서 놀던 내 유년은 정녕 동화 같았다.

흘러간 날들을 돌이켜 보면, 어느새 어릴 적 둥구나무 빈 터로 향한다.

집을 나서 오 분 남짓 걸어가면 어머니께서 상으로 타셨다는 문전옥답이 펼쳐진다. 그 상은 집을 가장 잘 가축하고 청결하게 가꾼 사람에게 나라에서 준 것이라고 동네 어른들이 일러 주셨다. 논두렁 옆 빈터에는 푸른 차일을 드린 듯 넓은 가지를 편 소나무가 우뚝 서서 마을을 지켰다.

나는 멀리서도 바라보이는 그 소나무가 좋았다. 늘어진 가지 속 그늘에 들면 이상하게도 나의 마음은 푸근했다.

새를 보러 집을 나서기 전 어머니는 강낭콩떡, 찐 고구마, 다식 등을 싸 주셨다. 간식이 담긴 보자기를 소나무 등걸 묵은 가지에 걸어 놓고, 그늘 아래 자리를 깔고 책을 보거나 친구들과 소꿉놀이를 하며 새보기를 하였다.

바람결에 벼 잎사귀 사운대는 소리, 여름 나무를 울리는 매미 소리, 하늘을 떠가는 뭉실 구름, 어느 것 하나 정겹지 않은 것이 없었다.

넓은 논에는 방사형으로 줄이 쳐져 있고, 군데군데 조약돌을 매단 깡통들이 달려 있었다. 드넓은 황금벌판에는 드문드문 허수아비가 사람처럼 버티고 서서 새를 지켰다. 구멍 난 밀짚모자에 다 헤진 흰 적삼을 걸쳤지만 그 모습은 당당해 보인다. 두 팔을 벌리고 외발로 선 채 새보기에만 충실한 허수아비—. 그러나 약은 참새들은 좀처럼 허수아비에게 속지 않는다.

처음엔 새들을 향해 '훠어이— 훠어이—' 하고 어린 목청을 돋운다. 그래도 참새 떼는 들은 체도 하지 않는다. 하는 수 없이 줄을 당겨 깡통소리를 요란히 낸다. 그러면 새떼는 놀라 까만 먹구름이 되어 저 멀리 날아간다.

그것은 한 폭의 그림이었다.

친구들과 함께 어머니께서 싸 주신 음식을 나누어 먹으며 꿈같이 아련한 이야기를 나누는 것이 좋아 늘 새보기를 자청하던 나였다. 새 보는 사이사이 지루할 때면 소꿉친구들과 나뭇잎으로 접시를 만들고 풀을 뜯어 나물도 무치고 흙을 뭉쳐 떡도 빚었다.

한 번은 친구가 나뭇가지로 흙 떡을 먹여 주는 시늉을 하다가 실수로 떨어뜨려 정말 입에 들어가 울어 버린 적도 있다. 입안의 흙을 씻어내기 위해 조롱박 가득한 물을 다 물어

뺄고 종일 목 타 하던 내게 친구는 나뭇잎을 엮어 치마를 만들어 주었다.

어릴 적 나는 고지식한 데가 있었다. 일단 새를 보러 가면, 아무리 볕이 따갑고 소낙비가 내려도 어머니의 그만 돌아오라는 부르심이 없으면 그대로 있었다. 어쩌면 나는 그때나 지금이나 천성적으로 융통성이 없는지도 모른다.

푸르렀던 5월의 들판처럼 순진무구했던 어린 꿈, 새떼의 비상처럼 높이 날고 싶던 시골 소녀….

친구들은 간간이 와서 말동무가 되어 주었다. 그들은 내 동화책 빌려 보기를 좋아했다.

서울 사시던 셋째형부는 막내 처제인 나를 무척 귀여워하셨다. 까만 지프차를 타고 오실 때면 시골아이들로선 구경조차 하기 어렵던 케이크며 금박으로 내 이름을 새긴 연필을 사다 주셨다. 그리곤 「퀴리 부인」이나 「아브라함 링컨」 등 위인전집들과 예쁜 그림이 곁들인 동화책들을 사다 주시기도 했다. 이 책들은 온 동네 아이들이 돌아가며 읽었다. 나는 이런 것들을 읽고 즐거워하며 새를 쫓았다.

햇볕이 쨍쨍하던 어느 여름날, 그날도 친구들과 함께 새보기를 하고 있었다. 그런데 먹구름이 몰려오는가 싶더니 갑자기 소나기가 쏟아졌다. 피할 사이도 없이 순식간에 비가 지나간 다음, 남녘 하늘에 무지개가 곱게 떴다. 무지개는 눈이 부시도록 아름답고 경이로웠다. 청명한 하늘가에 걸친 무지개를 눈으로 좇는 소녀의 여린 꿈은 한없이 찬란하였다. 참새 떼의 재잘거림처럼 우리의 미래를 엮어 보던 친구들— 해월이, 용해, 사라… 일곱 빛깔 무지개를 함께 좇던 그 친구들, 지금 어디서 무얼 하고 있을까. 신데렐라의 꿈을 이루었을까. 어쩌면 범부의 아낙이 되었을지 모른다.

때로는 한나절이 다 가도록 지나는 이 없는 지루한 날도 있었다. 그럴 때면 볏대궁에 붙어 있는 메뚜기를 낚아채어 잡기도 하고, 숨어서 알곡을 쪼는 참새들이 가엾어 물끄러미 바라만 보기도 했다.

참새는 귀여운 새였다. 이름도 멧새가 아니고 참새이니까. 벼를 쪼는 일도 그들에겐 살아가는 방법이 아닌가. 모두가 쫓아 버린다면 참새는 죽어버리지 않겠는가 하는 엉뚱한 생각이 늘어 새보기를 게을리 한 적도 있다.

새보기는 기다림이었다.

형부를 기다리고, 어머니 목소리를 기다리고, 하늘의 변화를 기다리고, 고운 무지개를 기다리고, 막연히 누군가를 기다리고…. 그것은 또한 설레임이기도 했다.

이제 어머니도 계시지 않은 고향.

도시화된 고향에 옛 자취는 찾을 길 없고 오직 나의 상념만이 그 영원한 동심의 세계에 머물러 있다. 한 폭의 동양화처럼 아름답던 고향, 시골 소녀의 오롯한 꿈이 담겨 있던 그곳, 그리운 어머니의 사랑이 영원히 고여 있는 그곳, 이번 가을 나는 고향에 가고 싶다. 황금벌판에서 새떼를 쫓는 구릿빛 얼굴의 농부를 보고 싶다.

어린시절 새를 보고 돌아오는 발걸음은 가볍기만 했다. 그러나 오늘의 나는 나태와 안일의 타성에 젖어, 어쩌면 빈 하늘만 바라보며 새를 쫓는 힘조차 잃었는지도 모른다. 어렸을 적 소리 높이 외치며 새보기를 하던 그 목소리로 내 마음에 도사리고 있는 삶의 때와 찌꺼기를 쫓을 수는 없을까.

(「한국수필」 48호, 韓國隨筆社, 1988, 여름호)

헬로윈 데이

가을걷이가 끝나가는 10월 31일은, 우리의 정월 대보름과 흡사한 미국의 민속절인 '헬로윈 데이'이다. 미국에서는 귀신 쫓는 날이라는 이때가 다가올 즘이면, 온 나라가 귀신 캐릭터들과 호박축제로 들뜬다.

붉은 호박에 눈, 코, 입을 조각하여 유령 모양을 새기고 그 속에 불을 밝혀 잭 랜턴을 만들어 문 앞에 놓거나, 각종 무서운 귀신모형들로 곳곳에 장식을 한다. 모양은 귀신이지만 호박 속에 촛불이 켜지면 그 빛은 따스해 보인다. 거리마다 빗자루를 타고 가는 마녀에서부터 갖가지 귀신들의 형상을 디스플레이 해놓은 것은 물론, 호박을 파는 농장 같은 곳에는 귀신들의 집이나 굴을 만들어 놓고 오가는 손님들이 구경하거나 실제로 들어가 체험해 볼 수 있도록 하기도 한다.

어쩌면 사람들은 미지의 세계에 대한 두려움을 없애려는 심리적 욕구에서 이런 행사를 마련한 것인지도 모른다. 존재할지도 모를 공포의 대상들을 생활 속에서 만나다 보면, 조금은 친근해질 수도 있을 거라는 기대심리에서 비롯된 것은 아닐까.

그 때가 되면 펌킨파이나 펌킨케이크 그리고 펌킨쿠키 등을 굽고, 호박으로는 유령을 조각하거나 표면에 그림을 그리기도 하여 아이들을 들뜨게 한다. 호박 추수가 끝나고 호박축제가 열리는 시기에 맞춰 행해지는 이 세시풍속에서는 이웃 간의 재미와 정을 나눌 수 있는 민속절을 마련하고, 그 많은 농산물을 소비할 수 있는 판로도 개척해 주는 지혜로운 그들 생활경제의 일면을 엿볼 수 있다.

미국의 가정들은 헬로윈이 오면, 미리 사탕이나 초콜릿을 준비해 놓는다. 왜냐하면 그 날 밤, 온 동네 아이들이 "트리크 오어 트리트(Trick or Treat)"라고 외치며 찾아오기 때문이다. 말인즉 "짓궂은 장난을 받을래, 아니면 캔디를 줄래" 하는 뜻이다. 사탕을 주면 "감사합니다(Thank You)"를 연발하며 가고, 주지 않으면 가끔 짓궂은 개구쟁이들은 "우우" 하고 소리를 지르거나 대문에 그림을 그리는 등 장난을 쳐놓기도 한다. 그러나 장난을 치는 일도 드물거니와 주지 않는 집 또한 거의 없다

우리나라의 어느 대학에서도 체육 행사가 끝나고 학생들이 흥겨워서 여럿이 학교 앞 음식점에 몰려가면 어떤 집에서는 음식으로 대접해 준단다. 그러면 학생들이 "잘되라, 잘되라"를 외친다고 한다. 그러나 거절하는 집에는 "망해라, 망해라" 외치는데 이것은 실제로 악의가 있어서가 아니라, 그저 재미로 하는 장난인 것이다. 대학생들의 젊음을 발산하려는 뒤풀이 행사이지만 귀엽게도 보인다. 헬로윈 데이는 이처럼 미국의 아이들이 하루를 허용된 장난으로 재미있게 보낼 수 있는 민속절인 것이다.

우리 막내아이가 초등학교 다닐 때에는, 이 행사를 위해 미국 집에 초대되어 가기도 하고 또 우리 집에서 잔치를 해 주기도 했다. 그 날에 초대를 받으면 엄마들은 특별한 의상을 준비해 주어야 한다. 과자를 받으러 'Trick or Treat'를 갈 때는 모두 분장의상을 입기 때문이다. 어떤 아이들은 드라큘라나 요술공주, 백설공주 또는 삼총사 복장이나 가장 무도회에 가듯 분장을 하거나 가면을 쓰기도 한다.

초대한 집에서는 아이들이 나가기 전 저녁을 먹이고, 그 댁 엄마는 커다란 자동차에다 아이들을 모두 싣고 집집마다 내려주며 마을을 돌다가, 아이들의 주머니에 선물들이 가득 차면 집으로 데려온다. 밤길이니 조심도 되지만 그곳은 집들이 크고 뚝뚝 떨어져 있어서 걸어다니기에는 너무 먼 거리

이기 때문이다.

집에 돌아온 아이들은 가져온 음식들을 먹으며 오락도 하고 신나게 논다. 그러다 밤 10시가 되면 각각 가져온 슬리핑백에 들어가 거실이나 리셉션 룸 등 큰방에서 함께 자도록 한다. 때로는 아이들을 10여 명 이상 초대하기에 모두 침대에서 재울 수 없어, 으레 자신의 세면도구와 의상 그리고 슬리핑백은 준비하는 것이다. 아이들이 여럿 모이면 재잘대고 자려 들지도 않지만, 마침 귀신 쫓는 날이니 그 댁 엄마는 아이들을 모두 눕혀 놓고는 잠재우는 최면술책을 읽어 주기도 한다. 그러면 대부분 아이들은 재미있어 하다가 잠이 들곤 한다.

대개는 다음날 엄마들에게 아침 8시에 아이들을 데리러 오라고 한다. 일부러 운동을 위해 학교운동장 같은 곳에서 뛰거나 걷기는 해도 어디든 차를 타고 다니는 이들 생활습속은 항시 엄마들로 하여금 자동차 면허를 받기 이전 연령의 아이들을 태워다주고 태워오곤 하게 한다. 시간에 맞춰 데리러 가면 그 댁에서는 엄마들의 아침까지 대형 식탁에 차려놓고 함께 식사를 대접하고 헤어지게 된다.

난 이런 것들이 재미있어 외국인인 우리 집에서도 그들과 함께 어울리는 이 같은 신선한 모임 갖기를 즐겨했다. 그 속에서 그네들 삶의 검소함과 성실함을 배우고 한편으론 우리 민족의 따스함과 면면히 흐르는 역사와 문화의 향취를 전하고 싶었기 때문이다.

주의할 것은 아이들의 과자를 준비할 때는 반드시 낱개로 포장된 것이어야 하고 포장은 공기가 빠져나가지 않도록 밀봉된 것이어야 한다. 왜냐하면 부패나 혹 약물 투입 등의 사고를 방지하기 위해서이다. 원래는 사탕 등 먹을 것을 주는 것이 전통이었으나 요즘은 준비가 어려운 노인들이나 사정이 있는 집에서는 돈을 주기도 하지만 드문 일이다.

헬로윈 행사를 보면서, 나는 어릴 적 언니를 따라다니며 보았던 우리의 정월 대보름을 떠올렸다. 막내인 나는 아주 어린 시절이어서 그리 많은 기억은 없으나 우리 고향에선 개보름이라고 하는 보름 전날이나 보름밤에는 해가 지기 전 저녁 식사를 했다. 음양사상에 근거한 여러 가지 민속놀이들이 행해지면, 어린아이들이나 어른들 모두가 들이나 언덕에 나가 쥐불놀이를 하거나 보름달을 바라며 마음속 깊이 묻어 두었던 소원을 빌기도 했다. 밤이 오면, 가까운 친구들끼리 어느 집 사랑에 모인다. 그리고는 편을 갈라 여러 가지 놀이를 하여 진 편은 그릇을 들고 '밥 훔치러 가는' 놀이를 했다. 물론 전통 민속놀이여서 어머니들은 미리 저녁을 지으며 넉넉히 마련하여 밥과 반찬을 여러 그릇 준비하여 빈 솥 안에 넣어 두고는 대문도 잠그지 않는다. 그러면 진 편들은 이 집

저 집 다니면서 한 그릇엔 밥을 다른 그릇엔 반찬을 담아 가져온다. 이것도 게으르게 더디 다니는 편은 이미 다른 팀들이 다 가져가 빈 솥만을 뒤지게 되는데 대부분 여자들은 일찍 집에 돌아가야 하니 서둘러 다니기 때문에 흔히 남자 팀들이 못 가지고 가게 된다고 했다.

이렇게 가져온 것은 큰 자배기에 모두 넣고 이긴 편들이 주인집의 양념들을 넣어 맛있는 비빔밥을 만든다. 그리곤 얼음이 설설 서린 동치미와 땅에 묻은 독 안의 김장김치를 꺼내다 함께 모여 나눠 먹으며 우정을 돈독히 했다. 우리 또래의 한국인이면 땅 속에 묻어둔 김장독에서 갓 꺼낸 김장김치의 찡-하는 맛을 그리움으로 기억하지 않는 사람은 없을 것이다. 아마도 그 때의 어른들은 별로 놀잇감이 없던 아이들에게 하루를 잘 놀게 하기 위하여 지혜롭게도 이런 풍습을 마련했던 것이 아닌가 한다. 이렇듯 떠오르는 보름달처럼 젊은이들의 꿈도 그렇게 키워 나갔으리라.

고국에 돌아와 헬로윈을 맞으며, 우리 아이들을 위해 펌킨 파이를 구우니 저 반대편에 살고 있는, 우리의 민속절인 정월대보름과 비슷했던 그들의 명절이 기억 속에 살아나, 그들과의 즐거웠던 추억들이 마음에 보름달처럼 차오른다. 비록 피부색이 다르고 언어와 풍습이 다를지라도 사람 사는 모양은 동서양을 막론하여 유사하기 때문일 것이다. 이렇듯 서로 다른 문화는 상하개념이 아닌, 글로벌 시대를 살아가는 현대인에게는 수평의 개념으로 화합의 고리 역할을 하는 듯하다.

어느 민족에게나 그들 정서가 담긴 민속놀이가 있다. 이같이 아름다운 동서의 세시풍속을 바라보며, 사람들 내면에 흐르는 이웃사랑 실천에 대한 바램심리와 요즘처럼 이웃 간 교류가 힘든 메마른 세상에 나눔과 협동의 의미를 되새기며 더불어 살아가는 사회가 되기를 기원해 본다.

(「한국수필」 7/8, 통권123호, 한국수필사, 2003. 8, 1)

운명의 실타래

아이들 소꿉장 같은 아파트 장독대지만 가을볕이 유난히 빛나 햇살이 항아리에 미끄러진다.

예전 우리 어머니들은 장독대는 물론 그 둘레도 항시 정결히 하였다. 항아리를 옮길 때도 아기를 어르듯 소중히 다루고, 장독대가 부정 탈까 봐 먼지만 조금 앉아도 행주로 말끔히 치운다.

항아리를 처음 사게 되면 맑은 물로 깨끗이 씻고 물을 가득 부어 몇 번이고 우려낸다.

새 항아리에 장을 담글 때는 놓을 자리에 황토 흙을 뿌리고 길일을 택한다. 항아리에 솔질을 한 메주를 넣은 뒤, 소금물을 받쳐 붓고 숯과 홍고추와 함께 대추를 띄운다. 그리곤 새끼줄에 청솔가지와 숯을 꽂아 금줄을 매면 그때부터 장독대는 이름 그대로 성역이 된다. 아이들이 장독대 둘레에서 뛰어 놀면 장독 깨뜨린다고 꾸중을 하지만 실은 부정을 타지 않게 하는 방편인 것이다.

홍고추, 청솔, 숯, 왼새끼는 잡신을 물리치는 구실을 한다고 믿었다.

여기서 아낙들은 장이 맛있게 익기를 기원하거나, 깨끗이 목욕하고 정결한 옷차림으로 정한수를 떠놓고 일월성신에게 온 가족의 안녕과 소원을 빌기도 하였다.

틈만 나면 말끔한 행주로 닦고 또 닦아서 장독은 반지르르 윤이 흐른다. 때로는 맨손으로도 매만지며 고추장과 된장 항아리를 다독인다. 마치도 귀여운 아기를 매만지는 거나 다름없다. 볕이 들 때는 뚜껑을 열어 주어야 하고 비가 올 때에는 닫아주어야 한다. 장 담그는 솜씨와 간수는 곧 살림살이의 척도가 되었고 장은 묵혀가며 내리 물려야 살림이 붇는다며 알뜰히 대물려 먹기도 하였다.

때로는 매운 시집살이의 서러운 눈물을 남몰래 훔치는 곳이 장독대다. 한과 정이 서린 곳이기도 하고, 살뜰한 살림살이의 결실을 보여주는 곳이기도 하다.

그러나 지금 내가 살고 있는 아파트에는 몇 개 안 되는 항아리가 장독대 아닌 베란다에 장식품처럼 놓여 있다. 때로는 화초를 이고, 때로는 김장을 담고, 때로는 간장, 고추장, 된장 등이 담기기도 하지만 장독대라기보다는 아이들 소꿉

장 살림 같다. 그 중엔 대를 물려 내려온 예쁜 항아리도 있
다. 윗대 어른들의 정이 깃든 물건들이어서 나는 가보처럼
소중히 생각한다. 시어머님과 친정어머님의 체취가 배어 있
기 때문이다.

지금도 친정집에는 큰 장독이 여럿 있다. 내 아름으로 반
밖에 안을 수 없는 커다란 항아리도 있다. 지난날 어머니께
서 수십 년 동안 간장을 담그시던 항아리. 몇 년씩 묵힌 까
맣게 익은 진국 간장을 간수하시던 항아리다.

친정집 장독대에는 풍성한 사연이 담겨 있기도 하다. 여섯
언니들이 시집가기 전 선을 볼 무렵이면 낯선 손님들이 장
독대를 두르게 되는 일이 잦다. 지나다 목이 말라 왔다며 물
을 청하는 여인들은 들어 온 김에 집이 정하고 아름다우니
구경 좀 하자며, 뒤란에 있는 장독대까지 와서는 '어쩌면 이
리 아담하냐'고 찬사를 한다. 그리고는 장맛도 좋겠다고 하
면서 뚜껑을 열고는 새끼손가락에 간장을 찍어 맛까지 본다.
사실 이들은 대부분 선을 보러 온 아낙들로서 장맛으로 어
머니와 딸의 덕을 가늠하려는 것이었다. 장맛이 좋은 집 딸
은 음식솜씨가 좋다는 이유에서였다. 그때마다 어머니의 정
성과 솜씨 덕에 깨끗하고 단정한 장독대와 그 좋은 맛으로
언니들은 쉽게 시집을 가게 되었다.

이렇듯 장독대와 여인들의 삶이 끈끈하게 이어져 있는 것

을 생각하면, 장독대는 여인들의 운명을 이어주는 곳이며 그 운명의 실타래이기도 하다. 어쩌면 나는 그 운명의 실타래에서 풀려 나온 실에 이어져 있는 하나의 실오라기일지도 모른다.

얼마 전 단독주택에서 내가 살고 있는 아파트로 이사 오신 할머니가 계시다. 6·25전쟁 속에서도 살붙이처럼 아끼던 항아리와 사기그릇들을 아들과 며느리의 권유로 버리게 되었을 때 울기까지 했다고 한다. 그러나 다 버리지 않고 여러 개 가지고 이사를 왔다. 그 중에는 얄상한 새우젓독도 있는데 해마다 거기에 무짠지를 담그면 일미라고 했다. 그런데 그마저도 이 할머니네 댁에선 복잡하고 미관을 해친다는 이유로 커다란 항아리 두 개를 또 버리게 되었다.

노인은 그것들을 아파트 잔디밭에 내려다 놓고 며칠이 지나도록 아쉬움에 부슬비를 맞으면서도 조석으로 항아리 주위를 맴돌았다. 자신의 분신을 잃은 듯 안타까워하는 모습이었다. 그리도 정든 것을 왜 버리시느냐고 하였더니, 짐짓 눈물만을 글썽이셨다.

우리의 생활 터전에서 장독대가 하나 둘 사라지는 것을 보면 무엇인가 잃은 듯 허전함을 느낀다. 장항아리가 사라지면서 각종 상표를 달고 간장 고추장 된장들이 주부들을 유혹하고 있다. 주부들에겐 장독을 다독이는 시간이 없어지고,

어떤 가정은 아예 장을 담그지 않아 편하기는 할 것이다.

그러나 장은 우리 식생활에 있어 전통적으로 기본이 되는 음식이다. 장맛은 곧 그 집안의 음식 맛을 좌우하는데 요즘은 정성과 손맛 대신 공장에서 만든 음식을 먹게 되는 셈이다.

오늘날 음식 맛이 조미료 맛이라는 말을 듣기도 하는데, 손맛을 떠난 장이 보편화된다면 집집마다의 음식에 개성이 있을 리 없다. 그럴수록 부엌과 장독 사이를 종종걸음 치며 맛깔스러운 음식을 만들어 내시던 어머니 생각이 간절해진다. 양념냄새 배어나는 어머니와 향수 내음 풍겨오는 어머니 사이에서 자녀들은 무엇을 느낄 수 있을까.

장독대는 귀중한 양념의 저장처였을 뿐만 아니라 정신적, 정서적 정화를 이루는 성스러운 장소이기도 하였다.

어머님께서 늘 이르시던 "하늘 같은 남편, 장독 같은 자식"이란 말씀이 새롭게 느껴진다. 장독은 홍수로 떠내려가도 기우는 법이 없이 동동 떠간다고 한다. 그리하여 옛 사람들은 이런 장독을 눈에 넣어도 아프지 않다는 소중한 자식에 비유했으리라. 정말로 예전의 아낙들은 우리네 장독을 자식에 비유할 만큼 소중하게 다루고, 그리 여겼던 것이다.

어느 새 내 상념은 친정집 장독대에 서 있다.

여인들의 따스한 마음이 머무는 장독대, 푸근한 정이 닦긴

생활, 그리고 항아리와 같이 모나지 않고 둥그스름한 어머니의 포근한 마음씨가 간절하게 그리워진다.

오늘날 나는 급박한 현대문명 속에 흘러가면서 과연 어머니의 가르침처럼, 홍수에 떠내려가면서도 기울지 않는 장독처럼 내 자녀에게 기울지 않는 중용의 삶을 보여 줄 수 있을까. 나는 어떠한 운명의 실타래를 자식에게 이어 줄 수 있을까.

(「한국수필」 49호, 韓國隨筆社, 1988, 겨울호)

게러지 세일(Garage Sale)

왠지 불을 환하게 밝힌 집은 따스하고 행복해 보인다. 멀리 불빛 새어나오는 지붕 밑 안온한 창들을 바라볼 때면 그 속에는 어떤 사람이 살고 있을까 궁금해진다.

내가 처음 미국에 도착했던 1980년대 어느 해의 12월 23일, 우리 부부는 워싱턴 시내에 있는 호텔에 여장을 풀자 곧 워싱턴 근교 맥클린에 있는 공사님 댁에 부임 인사겸 연말 파티에 참석키 위해 가게 되었다.

마을 초입인 커비로드를 지나 산 속 오솔길을 드라이브하여 지날 때 눈앞에는 꿈같은 정경이 펼쳐지고 있었다. 외국의 크리스마스카드에서나 볼 수 있었던 숲 속의 뾰족탑 교회와 집집마다 정원 가득 채운 불빛 현란한 크리스마스트리의 장식들, 예쁘장한 성화 조각품들, 이 모든 것들이 신비하였다. 이후 그곳에 살면서 알게 된 일이지만 그들은 집안뿐

만 아니라 밖의 정원까지도 이웃을 위해 아름답게 장식하려
고 어떤 집은 전문업체에 의뢰할 정도라고도 한다.

나에게 비쳐진 미국 집들에 대한 인상은 이렇듯 신비한
불빛으로 남아 있다. 저토록 동화 속 같은 집에 사는 가족들
은 누구일까. 저 속은 어떻게 아름답게 꾸며지고 무엇을 하
며 살아가고 있을까. 가끔은 꿈속에 나타나기도 하고, 언젠
가 저런 집들에 초대되어 그들 삶의 모습을 볼 수 있는 날이
오기를 바래기도 했다.

그러나 십여 년을 살면서 여러 차례 그들의 집에 초대되
는 것뿐만 아니라 집 구석구석 부엌은 물론 침실 깊숙한 곳
까지도 볼 수 있는 기회가 찾아왔다. 다름 아닌 집안의 모든
것을 개방하여 파는 세일 기회였다. 이는 게러지세일이나 야
드세일, 무빙세일 그리고 에스테이트세일 등을 이용하는 것
이었다.

재활용을 생활화하는 사람들

미국인들은 쓰지 않는 물건들도 버리지 않고 차고 옆 창
고에 차곡차곡 쌓아 두었다가 어느 정도 모아지고 시간이
날 때면 토요일이나 일요일 때로는 월요일 등에 차고를 열
고 필요한 사람들에게 파는 것이 게러지세일이다. 또 이것들
을 정원에 내다 놓고 파는 것은 야드세일, 이사를 하기 전

그들은 대부분 모든 물건들을 팔아서 정리하고 꼭 필요한 것만을 가지고 단출하게 이사를 하는데 이를 위한 세일이 말 그대로 무빙세일이다. 그런데 이와는 달리 돌아가신 분들 에게서 유산으로 받은 살림들을 정리하기 위해 파는 것을 에스테이트세일이라고 하는데 이 세일은 온 집안을 모두 개 방하여 팔며, 다른 세일에 비해 값이 싼 것이 특징이다.

인생이 느껴지는 세일

난 미국에 사는 동안 특별한 일이 없으면 이러한 세일에 다니는 것을 즐겨했다. 특히 뉴욕에 살고 있을 때는 뉴욕의 화랑가를 다닌다거나 아니면 갤러리나 박물관 그리고 소호 나 그리니치빌리지를 다니는 일이 아니면 앤틱쇼(골동품판매) 나 경매장 구경 등을 즐겨 다니곤 했다. 여기서는 때로 물건 을 사기도 하지만 대부분은 사람들의 사는 모습을 보기 위 해서이다. 먹던 양념에서부터 쓰던 손수건까지도 그들이 생 전에 쓰던 모든 것을 팔게 되는 에스테이트세일에서는 소설 처럼 한 사람의 일생을 그려보게도 된다.

우리가 어느 집에 초대되어 간다고 해도 어찌 집안 깊숙 한 곳까지 볼 수 있으랴. 또 그런 기회가 있다고 해도 아는 사람끼리는 서로 간에 조심스럽고 여간 불편한 일이 아닐 것이다. 그러나 전혀 모르는 사람의 집을 공개하고 모든 물

건을 팔 때면 아무 부담 없이 시간의 제약이나 어떠한 구애
도 받지 않고 충분히 그분들의 생을 상상하며, 구매와는 상
관없이 그들의 발자취에서 인생 수업도 하게 된다.

누군가에겐 필요할 것이란 사회심리

이런 곳에서는 그분들이 쓰던 이 빠진 접시까지도 상품이
되어 있지만, 때로는 일반 상점에서는 찾아볼 수 없는 세상
에 오직 하나만이 남아 있는 귀중한 것을 발견하게도 되어
보면 볼수록 재미가 난다. 나이든 분들의 집일수록 귀한 물
건들이 많고 운이 좋으면 정말 싸게 살 수도 있는 곳이다.
그도 그럴 것이 물건의 값은 파는 이가 마음대로 합리적인
선에서 붙이는 것이므로 정해진 값이 없기 때문이다. 때로는
일반 상점에서는 상상도 할 수 없는 값에 귀한 골동품을 사
기도 한다.

나는 이런 사람들의 살아가는 모습에 흥미도 가고 특히
오랜 그들 삶의 자취와 애정이 서린 물건들을 보는 것이 좋
아 다양한 세일 현장을 찾아다녔다. 물론 많이 다녀도 사는
일은 별로 없다. 마음에 드는 것은 비싸고 또 싸다고 해도
꼭 필요치 않은 것을 충동구매하는 일은 거의 없다. 다만 보
는 것으로 만족하면서도 난 그저 좋았다. 뉴욕의 내가 살던
지역은 물론 그곳에서 멀리 떨어진 곳의 앤틱마을이나 예술

의 거리 또는 골동품 경매장 등에도 부지런히 찾아다니며 관광도 하고 많은 것을 배우기도 하였다. 너무도 볼 것이 많고 가볼 곳도 많아, 12년을 사는 동안 정말 바삐 살았다.

처음에는 신문광고를 보면서 소도비나 크리스티 억션이나 앤틱쇼 등을 찾아 다녔으나, 자주 다니다 보니 위탁 판매하는 여러 업체들이나 마을에서도 앤틱쇼가 열릴 때면 엽서를 보내주어 쉽게 다닐 수 있었다. 그러다 보니 주위의 분들이 꼭 같이 가줄 것을 부탁하거나, 함께 가면 물건을 골라달라고 부탁하기도 했다. 나는 사는 것보다는 구경을 주로 하는 편이어서 많은 분들의 쇼핑을 돕기도 하고 지난 날 미국 대학에서 취미로 수강했던 박물관학의 현장실습도 겸하면서 가끔은 정말 내가 아끼는 물건을 사기도 했다.

미국인들은 이런 게러지세일을 잘 이용하는 아주 합리적인 생활습관을 갖고 있다고 생각된다. 때로 오늘날에는 생산이 중단되어 일반 상점에서는 살 수 없는 기계 부품들도 이곳에서는 찾을 수 있다. 그들은 아무리 사소한 것이라도 누군가에게는 필요할 수도 있다는 사회심리에서 모아 두었다가 팔기 때문이다. 그릇의 세트 중 일부를 잃었거나 깨뜨렸을 경우 이런 세일을 통해 구할 수도 있다.

할머니와 찻잔

어느 할머니는 애지중지하던 찻잔세트의 컵 하나를 깨뜨렸단다. 할아버지와 젊어서부터 사용했던 부부 잔이라고 했다. 이 할머니에게 있어 그 찻잔은 찻잔 이상의 의미를 지닌다고 했다. 나는 여러 차례 그 할머니를 세일 현장에서 만난 적이 있었다. 그 찻잔을 찾기 위해 일 년이 넘도록 찾아 다녔다고 한다. 왜냐하면 그 잔에는 그들 부부의 추억과 사랑이 배어 있기 때문이란다. 물론 자신이 깨뜨린 것과 똑같은 모양의 것이라도 그 물건이 될 수는 없겠지만 그래도 짝을 채워 다시 쓰는 것이 그들의 소망이라고 했다.

그 후 몇 달이 지난 어느 세일에서 그 할머니의 밝은 표정과 만났다. 똑같은 짝을 찾은 것이다. 할머니는 기쁜 나머지 그저 그런 곳에서 마주쳤을 뿐인 나를 자신의 집으로 초대까지 해 주었다. 나는 기꺼이 갔었고, 그곳에서 놀라운 그분들만의 추억들과 만났다. 그 노부부는 자녀 없이 70세가 넘도록 동고동락하면서 미국은 물론 세계 각국을 여행하며 살아왔다고 했다. 미국 기준으로 보아 그리 크지는 않지만 방 세 개, 욕실 두 개 그리고 거실과 패밀리룸에 차고가 달린 아담한 집에 살고 있었다. 그곳에는 세계 각국의 기념품들과 생활 앤틱들이 정겹게 진열되어 있었고, 깔끔하게 정돈되어 있었다. 조그만 기념품에서부터 머그나 커다란 조각품까지 다양했다. 그런데 특이한 것은 장식품들이 모두 페어(짝)였고 각각에는 이름들이 붙여져 있었다. 짝을 이룬 것은 그들 부부를 상징하는 것이고 이름은 자식대신 무생물을 의인화한 것이다. 그래서 그들의 부부 찻잔 하나를 1년이 넘게 찾아 헤맨 결과 얻게 된 것이었다. 그 집에는 새로운 고급 레녹스 찻잔 세트도 여럿 있었지만, 그 부부 찻잔만은 그들에게 특별한 의미가 있는 것이기에 그토록 정성을 기울여 맞추었다고 했다. 할머니는 게러지세일이야말로 너무도 좋은 그들의 생활 패턴이라고 극찬했다.

일본 부인과 확대경

어느 날, 그 곳에서 유난히도 세밀히 물건을 관찰하고 있는 일본인 부인을 만났다. 확대경으로 그릇의 밑면을 면밀히 살피고 있었다. 나도 게러지세일에 갈 때는 가능하면 확대경을 가지고 다닌다. 미국에 도착한 초기 대학에서 박물관학 강의를 들을 때부터의 습관이다. 가끔은 작은 글씨로 쓰여져 육안으로 읽기 어렵거나 낡아서 보기 어렵게 되어 있는 것들을 읽기 위해서이다.

미국에 살면서 가끔 보도를 통해 공개된 행운을 잡은 사람들의 이야기와 접하기도 했다. 어떤 사람은 우연히 이런 세일에서 구입한 가구에서 비밀 서랍을 발견하여 열어보니 그 속에 고전 금화가 들어 있어 거금을 얻게 되었다는 것이다. 또 어떤 할머니는 그림 수집이 취미여서 유럽 등 각지를 다니며 그림을 샀고 자신의 집에 계절 따라 바꾸어가며 걸어 놓고 즐기곤 했다. 그러나 나이가 들면서 대부분을 다락에 넣어 둔 채 여러 해가 지났다고 한다. 그러던 어느 날 우연히 다락 정리를 하다가 자신이 오랫동안 방치해 두었던 그림 중에서 르노아르의 사인을 발견하고 대수롭지 않게 감정을 의뢰해 본 결과 진품으로 밝혀졌다고 한다. 이러한 예는 가끔씩 지루한 일상에 청량제처럼 재미를 주기도 했다.

이들은 집 전체를 세일할 때면 찾아 온 사람들에게 번호표를 주고 한번에 10명 이내로 들어오게 하여 혼잡을 피하고, 거실이나 침실은 물론 옷장 속이나 주방의 서랍 속까지도 모두 열어 볼 수 있게 한다. 이를 통해 그들의 생활상을 보는 것이 나에게는 때로 감동으로 다가왔다. 특히 에스테이트세일인 경우 대부분 돌아가신 분들의 자녀나 상속자가 전문 세일업체에 위탁판매를 하는 경우가 많다. 이를 통해 한 사람이 살아 왔던 일생을 읽을 수 있는 귀중한 기회를 갖게 되는 것이다.

이런 이유로 나는 때로 추운 겨울에도 아침 일찍부터 줄을 서서 기다리며 방문하기도 했다.

나는 외국에 살 때면 가능한 각계각층의 다양한 사람들을 만나보려 했고 특별히 서민들의 생활 속에서 그들의 문화와 이민족의 심리를 이해하려 애썼다. 그래서인지 지금까지 만난 사람들이 다양하고 아직도 서로 연락을 나누며 지내고 있다.

여행비 마련 세일을 하는 노부부

나는 이런 기회를 통해 잊을 수 없는 많은 사람들을 만났다. 뉴저지주의 테나풀라이라는 마을은 학군이 좋은 지역으로도 잘 알려진 아름다운 마을이다. 이곳에 사는 어느 노부부는 정기적으로 세일을 했다. 자신들이 젊은 날에는 파티도 많이 하고 여행도 자주 하여 사들인 물건들 가운데 똑 같은 것이 여럿 있어 여행 등으로 과외 돈이 필요할 때마다 이들을 팔아 연금에 보태면 용돈도 아쉽지 않다고 했다. 안목이 높은 그 분들은 생활수준도 높아 귀한 물건들도 자주 나와 많은 이들의 관심을 모았다. 내가 만났던 다양한 사람들 중에서도 늘 명랑하고 젊게 살기를 원하던 그들 노부부의 삶의 모습은 퍽 보기 좋았다.

내 가슴을 적신 화가 할머니

이 마을에서 만났던 화가 할머니도 잊을 수 없는 분 중의 하나이다 나는 그림감상을 좋아하여 새로운 지역에 가면 가장 먼저 박물관과 갤러리를 찾는다. 그래서 그림 세일이 있으면 아는 한 빼놓지 않고 보러간다. 화가 활동을 하던 이 할머니는 나이가 들어 할아버지를 떠나보내고 홀로 살다가 이제 플로리다에 있는 양로원(Nursing Home)으로 가기 전 살림과 그녀가 일생동안 그려 온 작품들을 모두 정리하는 것이었다. 내가 그림들을 둘러보고 있는데 할머니는 그 그림이 마음에 드느냐고 물었다. 마음에 든다고 하자 골라보라고 했다. 난 가격을 생각하여 한 점을 골랐다. 그랬더니 그녀는 두 개를 더 고르라고 했다. 모두 좋지만 지금 내겐 하나밖에 살 수 있는 돈이 없다고 하자, 어느 그림이 마음에 드는지만 말해 보라고 했다. 그래서 두 개를 더 골랐더니, 한 옆에 놓아두고는 시간이 있으면 오후 다섯 시에 다시 한 번 올 수 있냐고 물었다. 나는 다른 볼일들을 보고 다섯 시에 다시 가니 할머니는 잠시 이야기 좀 나누자고 했다.

그녀는 그 집에서 40년이나 그림을 그리며 살아 왔다고 했다. 그런데 이 모든 것들을 정리하려니 보통 서운한 것이 아니라는 것이다. 그래서 시집보내는 마음이라 사가는 사람마다 살펴보고 있었는데 네가 그림을 감상하고 있는 것을 보는 순간 주고 싶어졌노라고 했다. 그러나 이제 전문업체에 위탁하였으니 자기 마음대로 할 수는 없고 당신은 하나밖에 살 돈이 없어 자신이 머리를 좀 썼노라는 것이다. 이유인즉 그곳 세일 규칙은 아침에는 정상 가격이고 12시가 지나면 반값이 되고 저녁 5시가 지나면 또 그것의 반값이 된다고 했다. 그러나 꼭 마음에 드는 물건은 바로 사야지 값이 떨어질 시간을 기다리다가는 놓치기 마련이다. 특히 저녁 7시 이후에는 상인들에게 아주 싼값에 모두 넘겨주기 때문이다.

내가 고른 그림은 그 중 좋은 것이었다. 만약 그 시간까지 두었다면 분명 팔렸을 그림이었다. 그러나 그녀는 내가 고른 그림 3점을 한 옆에 따로 두고 나를 위해 기다려 주었던 것이다. 그녀는 하나 값도 안 되는 가격에 3점을 모두 계산대에서 계산을 끝내고 건네주었다. 왜냐하면 내가 처음 골랐던 것이 3점 중 가장 비싼 것이었으니 나머지 두 점은 ⅓도 못 되었기 때문이다. 난 당황하여 이건 너무 미안하여 가져 갈 수 없다고 하자 그녀는 그림만 잘 간수하여 달라고 했다. 왜냐하면 할머니는 세일즈 업자와 판값의 40%를 받기로 하고 계약을 맺었기 때문에 적게 받으면 그녀에게도 적게 주면 되는 것이라고 했다. 그러나 할머니는 자신의 그림을 진정 사랑해 줄 사람에게 주고 싶었다며 자기를 기억해 달라고 하였다. 지금도 난 그 그림을 우리 식당에 걸어 두고 볼 때마다 그 할머니 화가의 마음과 예술을 낳은 주름진 할머니의 손마디를 떠올린다.

에블린과 그녀의 사랑 후레이돈

한번은 너무도 앙증맞은 파인 책상과 의자 세트가 있었다. 갖고 싶었지만 같이 갔던 조 화백에게 양보하였다. 왜냐하면 그녀가 보는 순간 너무도 마음에 든다고 하였고 또 나보다는 더욱 잘 활용할 수 있는 사람이라고 여겼기 때문이다. 그 후 그녀의 집에 놓여진 테이블 세트는 정말 예뻤고 그녀의 남편도 그것에 앉아 책읽기를 즐겨한다고 하여 나도 기뻤다. 그녀는 불란서를 거쳐 한국에 오도록 잘 간수하여 지금까지도 즐기며 사용한다고 했다. 물건은 그에 맞는 주인을 만날 때 제 구실을 하게 되는 것이다.

화가 활동을 하고 있는 그녀는 불란서에서 우리의 추억이 담긴 작품을 만들었고, 전시 후에 나에게 선물로 주었다. 우리가 함께 게러지세일에서 샀던 화집에 얽힌 사연을 레토그랍으로 작품화한 것이다. 1952년 파리에서 에블린(Evelyn Kennedy)이라는 여인이 말없이 떠나 뉴욕에 가 있는 후레이돈(Freidoun Jalayer)이라는 연인에게 멈출 줄 모르는 눈물의 호소로 보내는 애절한 사연과 함께 목탄 스케치로 그린 에블린의 화집이었다. 그녀는 파리에서 에블린의 작품을 떠올리게 되었고 그것은 승화된 작품으로 결실을 이루었다. 그 그림은 나의 안방에서 늘 그녀의 고운 마음처럼 아름다운 예술세계를 보여 주고 있다.

뉴저지 화가와 그녀의 딸

어느 날 오후 우연히 지나다 그림을 세일하는 집이 있어 들어가니 너무도 운치 있는 램프와 단아한 그림이 눈에 들어 왔다. 얼른 들어보니 꽤 비쌌다. 그러나 오후 시간인지라 주인에게 물으니 그녀는 그림이 마음에 드느냐고 물었다. 마음에 꼭 드는데 이 값에는 살 수 있는 돈이 없다고 했다. 그러자 그녀는 네가 아마도 임자인가보다 라고 하며 이렇게 말하는 것이 아닌가. 여러 사람들이 마음에 들어 했으나 값이 비싸 사지 못하고 갔노라고 했다. 이제 끝날 시간이니 상인에게 넘겨주는 값으로 램프와 그림 모두를 너무도 적은 값에 주겠다고 하여 고마운 마음으로 갖게 되었다.

집을 나서는 내게 그녀는 주소를 남겨 주고 갈 수 있느냐고 했다. 왜 그러느냐고 물으니 이 그림의 작가가 자신의 어머니인데 생전에 뉴저지화가협회 회장을 지냈으며 활동을 많이 하여 기사화된 것이 많으니 카탈로그와 신문 스크랩들을 기념으로 보내주마고 했다. 난 진정 감사하여 주소를 전하며 이 그림들을 소중히 소장하겠노라고 했다. 얼마 후 그녀는 그림을 오래오래 사랑해 달라는 편지와 함께 모든 자료를 보내 왔다.

여기에 얽힌 이야기를 하자면 끝이 없으니 하나만 더 소개하고자 한다.

피카소의 광대와 만나다

하루는 마을 전체에서 앤틱쇼가 열리는 큰 거리쇼를 가게 되었다. 정말 진귀한 것들을 감상만 하는 것도 행복하였는데 골목길 그릇을 파는 집에서 난 낯익은 물건을 발견하고 발을 멈추었다. 화집에서 보았던 피카소의 광대(Harloquin)그림이 포슬론에 유화로 그려진 것이었다.

난 눈을 번쩍 뜨고 집어 들었다. 앞뒤를 살펴보니 분명 유화였고 피카소의 사인도 붙어 있었다. 얼마냐고 물었더니 주인은 접시 값밖에 안 되는 값을 달라고 하였다. 이 물건을 어디서 구했느냐고 하니 롱아일랜드에서 다른 그릇들과 함께 산 것이라고 했다. 난 그 자리에서 사 가지고 돌아와 소호에 있는 구겐하임 뮤우지엄으로 가져가 보았다. 그곳에선 피카소 전문가가 없어 분명히 감정할 수는 없지만 자신이 보기에는 진품일 가능성도 높다고 했다. 그 그림이 담긴 화집을 내보이며 1920년대 그가 큐비즘으로 가기 이전 그렇게 유명해지기 전의 그림으로 그 시절 그는 보통 초대를 받거나 했을 때는 접시 등에 그림을 그려 선물하기도 하였고 또 피카소는 한 때 롱아일랜드에서도 살았었다고 했다. 그러면서 피카소 특별전을 했던 모던아트뮤우지엄에 가서 감정을 하면 좋을 거라고 알려주었다.

그 날은 시간이 없었고, 바로 귀국하게 되어 감정은 해보지 못하고 돌아오게 되었다. 그 후 어느 화가가 보고는 붓 터치와 그림 자체가 너무 좋다고 했다. 그러나 나는 그 그림이 좋아서 샀고 내 자신이 즐기기 때문에 진가의 여부에는 그리 관심이 없다.

촛불처럼 타오르는 보물찾기

내가 이런 세일들에서 수집한 것 중 아끼는 것은 여러 형태의 램프와 촛대들이다. 난 크리스마스가 아니더라도 촛불 켜기를 좋아하기 때문이다. 촛불은 자신을 태우며 주위를 밝힐 뿐만 아니라 잡스런 냄새도 태워 공기도 청정하게 해 준다. 촛불을 밝힌 집은 정겨워 보이고 그 타는 향은 그윽하고 그 안온한 빛은 편안하다.

때로는 이곳에서 꼭 필요하거나 효용성 있는 생필품도 만난다. 어느 날 같이 갔던 부인은 적포도주를 좋아한다고 했다. 그런데 마침 무빙세일에서 포도주를 1달러에 10병이나 샀다. 그것도 고급 불란서 와인이었으나 급히 정리하던 그들은 상관없다고 했다. 뿐만 아니라 그녀에게 꼭 필요했던 스키용품도 몇 달러에 거저 사는 거라며 좋아했다. 때로는 한 번도 사용하지 않은 생활용품이나 오늘날에는 생산이 중단된 귀한 물건들도 만날 수 있다.

내가 이들을 좋아하는 이유는 그들에게서 모든 것을 재활용하는 그들의 생활의 지혜와 근검절약 하는 모습을 배울 수 있어서이다. 무엇보다도 자주 찾는 마음은 거기서 그들의 문화와 이생에서의 그들의 삶의 자락을 찾아볼 수 있기 때문이다. 일상에서도 게러지세일에서 필요한 것을 얻기 위해 보물찾기를 하듯 정성을 드린다면 우리의 삶에서도 행복이란 보물을 찾을 수 있지 않을까.

(「月刊文學」409호, 한국문인협회, 2003. 3/
「좋은생각」 통권 153호, 좋은생각사, 2004. 10. 1)

문풍지 우는 소리

나는 겨울을 좋아한다.

따스한 햇살이 꽃을 피우는 봄, 녹음이 짙은 여름, 황금빛 가을 어느 하나 아름답지 않은 것이 없지만, 그 중에도 눈 내리는 순백의 겨울이 가장 매혹적이다.

흰빛에 매료되기도 하지만, 상큼하고 투명한 대기가 마음을 끈다.

외투 깃을 올리고 눈발이 흩어지는 거리를 걸으며, 온통 하얗게 변해 가는 세상을 바라볼 때면, 어린아이처럼 순수해진다. 눈은 우리의 마음을 순하고 청량하게 한다.

눈 쌓인 비탈길에서 썰매를 타던 일, 언 손을 부비며 얼음판 위에서 오빠가 깎아준 나무 팽이를 돌리던 시절의 기억들은 이제 그리운 추억일 뿐이다.

내 어릴 적 겨울은 왜 그리도 추웠을까?

짧은 다리가 폭폭 빠져들 만큼 몇 날을 눈이 내려 온 세상을 하얗게 뒤덮은 때도 있었다. 어찌나 추운지 문고리를 잡으면 살이 묻어 날 듯 쩍쩍 달라붙는 날도 있었고 세수하다 머리칼에 고드름이 매달리기도 하였다. 방안에 떠다 놓은 자리끼가 꽁꽁 어는 밤, 바람에 떠는 문풍지 우는 소리는 왜 그리도 춥게 느껴졌던지…. 마루에 나서면 빨아 놓은 걸레가 돌덩이처럼 얼어붙어 바닥에 굴러다녔다.

그 시절 유난히도 겨울놀이를 좋아하던 탓에 손이 얼어 파랗게 되었고, 얇은 고무신 속의 발은 단단한 얼음이 배겨 아프기도 하였다. 눈 지치기는 얼마나 재미있었던지….

겨울은 참으로 낭만적인 계절이다. 잎을 떨구고 맨몸을 드러낸 나뭇가지에서 바람이 운다. 나는 이 겨울 정경이 마냥 좋다.

순백의 겨울이 지나면 생명의 움이 튼다. 곳곳에 움트는 싹은 언 땅을 가르고 솟아나면서 봄의 향연을 예비한다.

열대지방의 사람들은 설국의 이국적 풍경을 동경하지만 향유할 수는 없으리라. 피부 자체가 더운 지방에 살기에 적합하도록 얇게 조직되어 있는 그들은 강추위에는 살이 트므로, 설경의 매혹보다 혹한에 대한 두려움이 더욱 클 것이다. 그들은 영상 5도만 되어도 털코트를 입고 부츠를 신는다.

열대에서는 계절의 변화가 없기 때문에 시기 구분이 안

될 때가 있다. 우리에게는 간간이 지난날에 대해 분명한 기억이 없을 때도, 대강은 지난 여름 어디를 갔었다거나, 지난 겨울 누가 왔었다는 등의 계절의 변화로 대강의 짐작은 가능케 하는 편리함이 있다.

그러나 열대지방에서는 언제 누가 왔었는지 한두 해의 구별은 혼란을 가져 올 때가 많다고 한다. 그래서 처음 열대지방에 가서 생활을 하다 보면 이런 혼란 때문에 자신의 정신이 이상해진 것이 아닌가 하는 의구심조차 갖게 된다. 허나 이런 경험이 자신만이 갖는 현상이 아님을 곧 알게 된다. 더욱이 일 년 내내 더위가 계속되기에 특별한 계절의 농산물을 맛보는 즐거움도 없다.

물론 이집트 같은 나라는 확연한 구별은 어려워도 사계가 있어 어느 정도의 변화를 느낄 수는 있으나, 열사의 사막기후에서는 대부분 계절의 구분이 어렵다.

사막뿐인 나라의 사람들에게 우리의 자연 경관이 담긴 필름을 보여주면 그들은 감탄을 연발한다. 특히 우뚝 솟은 산의 모습은 그들에게 경탄을 불러일으킨다. 붉은 모래 산에 비해 활엽수나 침엽수들이 적당히 어우러지고 간간이 보이는 바위들과 산의 능선을 따라 이어지는 울창한 산림과 깊은 계곡을 흐르는 맑은 물은 경이와 찬탄의 비경이 아닐 수 없으리라.

이러한 계절에 대한 아쉬움은 열대지방만이 아니다. 북구와 같이 긴 겨울이 계속되는 나라에서도 마찬가지일 것이다.

흰한 밤만이 계속되는 황량한 백야의 정경이나 알래스카에서와 같이 긴긴 동안 눈 속에 갇혀 살아가는 것은, 잠시 스쳐가는 관광객의 마음엔 이색적 풍치가 될 수 있겠지만 생활에는 불편한 점이 한두 가지가 아니기 때문이다.

오랜 동안 북구에서 살던 분들은 겨울이 너무 길어 지루하다고 말한다. 때문에 눈 속에서의 여행도 잠시 뿐, 대부분 집에서 보내는 시간이 많다.

우리나라는 열대나 북구의 단조로운 기후와는 달리 뚜렷한 사계의 변화와 구분이 있으니 큰 축복을 받았다고 할 수 있다.

무더운 여름이나 지루하게 긴 겨울만이 지속된다면 얼마나 황폐한 마음이 될까. 봄, 여름, 가을이 있기에 겨울은 한층 더 돋보이는 것이다.

우리가 공기의 고마움을 감지하지 못하듯, 천혜인 사계에 대한 감사함을 간과하고 사는 것은 아닐까.

내가 겨울을 좋아하는 것은 겨울만의 서정을 잊지 못하는 까닭이다. 눈 내리는 겨울밤이면, 눈 속에 스며들 듯 골목에 길게 이어지던 군밤 장수, 찹쌀떡 장수들의 애조 어린 외침. 그 얼마나 아련한 그리움으로 가슴을 적셔오는 소리인가.

이 모두가 사계를 가진 우리만의 축복이리라.

아름다운 사계절의 변화는 우리의 삶을 다양하고 풍요롭게 한다.

그 옛날 어머니가 깔아 놓은 아랫목 이불 속에 발을 넣고 화롯불에 군밤을 구울 때면 살을 에는 밤바람이 문풍지를 울리던 소리, 그 아련한 기억이 그리워지는 계절이다.

다시 한번 창을 활짝 연다.

싸늘한 바람이 차라리 싱그럽다.

열사의 나라에서 계절 감각이 없듯, 일상에 젖어버린 나의 생활도 계절이 바뀌듯 어떤 새롭고 신선한 것을 향해 발돋움하고 변화해야 하지 않을까.

(「自由文學」 34, 자유문학, 1999년. 겨울)

북구의 산타

어린이는 꿈의 나래를 달고 산다.

해마다 연말이 되면 어떤 안타까움 같은 것을 느끼게 된다. 곧 어른의 시각으로 쓴 어린이의 꿈을 깨는 드라마나 글을 접할 때이다.

대다수의 어린이들은, 산타클로스라면 순록이 끄는 썰매를 타고 하늘을 날아와 어린이들에게 선물을 주시는 분, 그래서 어린이의 소망을 채워주는 고마우신 할아버지라고 생각할 것이다.

두메에서 태어나 어린시절을 시골에서 보낸 나는 높이 솟은 뾰족탑이 있는 동네 교회를 다녔다. 온 누리가 눈으로 덮인 크리스마스이브 날 산타할아버지의 선물을 받을 때는 정말 행복한 순간이었다. 그때의 일은 어른이 된 이 순간까지도 가슴 깊이 남아 있는 아름다운 추억의 한 갈피이다.

어린이에게는 산타클로스가 꿈의 본체이며 또한 어린이는 그 존재를 절대적으로 믿고 있다. 어린이들이 믿고 있는 한 산타클로스는 영원히 그들 가슴속에 살아 있는 존재여야 한다.

미국의 알라스카 하이웨이가 북상하다 서쪽으로 꺾어지는 페어뱅크스 못미처에 '노스 포울(North Pole)'이라는 작은 마을이 있는데, 그곳을 산타클로스의 고향이라고도 한다.

성탄절이 가까워지면 산타클로스 할아버지에게 선물을 요청하는 어린이들의 편지가 세계 곳곳에서 이곳으로 날아든다. '북극의 산타할아버지께'라는 주소만으로도 이 산타 마을에 전해지는 편지들이다. 조그만 고사리 손으로 쓴 각양각색의 기상천외하고도 귀엽기 그지없는 소망들이 도착하면, 이 마을 주민들은 기꺼운 마음으로 정성을 다해 답장과 선물을 보내준다. 때로는 산타클로스 할아버지와 할머니에게라고 적혀진 편지도 온다고 한다. 이처럼 어린이들은 이 날을 고대하며 선물을 가지고 오실 산타할아버지를 기다리는 것이고, 어린이들의 기다림 속에 산타클로스의 사랑이 전해지는 것이다.

이 얼마나 진지하고 아름다운 풍속인가. 아이들과의 약속을 눈속임이 아닌 진실한 생활 자체로 지키기 위해 이토록 많은 시간과 수고를 아끼지 않는 저들의 삶이야말로 본받고 싶은 덕목이 아닌가 한다.

연말이 되면 우리는 어린 자녀에게 산타를 대신하여 부모가 선물을 주다가 들키는 TV드라마를 흔히 보게 된다. 이는 결국 산타클로스란 세상에 존재하지 않으며, 부모가 그를 대리해 선물을 준다는 내용을 자녀에 대한 부모의 사랑으로 미화한 것임을 시사하는 것이다.

이와 같은 산타클로스 역할에 실패한 부모들의 이야기가 실은 어린이들에게 꿈의 상실을 초래하는 너무나 삭막한 행위가 아닌지 생각해 보게 된다. 산타클로스를 믿고 기다리는 많은 어린이들이 그것을 보고 실망하지 않을까 하는 염려로, 그와 같은 장면을 볼 때마다 안타깝기 그지없다. 이런 영향 탓인지 요즘 어린이들 중에는 초등학교 삼사 학년 심지어는 일 학년만 되어도 '산타클로스는 없다'고 말한다고 한다.

우리 집 막내가 초등학교 이 학년, 큰아이는 육 학년 때의 일이다. 크리스마스이브 날, 큰아이가 문지방이 닳도록 들락이며 산타클로스를 기다렸다. 늘 산타클로스가 오실 때 잠이 들어 있었던 것이 죄송해서 이제 육 학년이 되었으니 감사의 인사를 하고 싶어 직접 만나보겠다는 것이다. 다음해가 되면 중학생이 되니 산타를 만날 수 없게 될 것이기 때문이라고 했다. 결국 새벽 한 시가 되어 산타클로스가 오기 직전 잠이 들었고, 다음날 깨어서는 기쁨과 미안함으로 어쩔 줄 몰라 했다.

두 아이가 모두 산타클로스의 선물을 들고 내년에는 더욱 착한 아이가 되겠노라고 입을 모았고, "엄마, 우리에겐 한 해도 빼놓지 않고 오신 산타클로스가 어째서 친구 ○○에겐 오시지 않는 걸까요? 그래서 친구는 산타가 없다고 해요"라고 했다. 나는 산타클로스는 산타클로스가 있다고 믿는 어린이에게만 오시는 거라고 대답해 주었다.

이집트에서 살던 시절, 노르웨이에서 오신 분의 가족들과 가까이 지낸 적이 있다. 그분들은 노르웨이 귀족 가문의 후예였고, 그 나라의 우편엽서에 그들 조부의 미술 작품이 실릴 정도로 명문의 집안이었다. 한번은 12월 초순에 그 댁에 초대를 받았다. 부인들만 모였지만 커다란 파티였다.

그때 들은 노르웨이의 크리스마스 풍속은 퍽 인상적이었다. 그곳에서는 12월이 되면 남편의 친구들을 연말 파티에 초대하기 전 먼저 부인의 친구들을 초대하여 연회를 베푸는 것이 전통이라고 했다. 부인을 위한 잔치가 치러진 다음에야 다른 모든 대소의 연회를 베푼다는 것이다.

그 같은 크리스마스 풍속 중에서도 가장 아름답게 느껴지는 건 노르웨이 어린이들을 위한 행사였다. 12월이 되면 노르웨이의 가정들은 각 아이들에게 줄 서른한 개의 선물 꾸러미를 마련한다. 만약 아이가 둘이면 예순두 개를 준비해야 하는 것이다. 이 모든 선물들은 벽이나 창가에 매단다. 그 선물 가운데는 큰 장난감들도 있으나, 지우개 하나, 연필 한 자루의 간단한 것들도 있다.

어머니는 12월 1일부터 아이에게 이 선물들을 매일 아침 하나씩 떼어서 준다. 그러니까 노르웨이의 아이들은 새해 전 한 달 동안 매일 선물을 받는 즐거움을 누리는 것이다.

그 댁의 베로니카라는 젖먹이 딸에게도 그 아이에게 필요한 양말에서부터 턱받침에 이르기까지 하나하나 주어 사용케 하는 것을 보았다. 또한 집에 있는 모든 창문에는 요정들의 그림을 스테인드글라스처럼 가득 오려 붙인다. 창문을 통해 요정들이 방문한다는 이야기 때문이리라.

어린아이들은 연말이 되면 수없이 많은 요정들의 그림을 보며 동심을 키우고, 매일매일 받는 선물에 감사하며 행복해 한다. 그리고 크리스마스이브가 되면 마을에서는 산타클로스가 각 가정을 방문하며, 미리 준비한 선물들을 각 어린이에게 전해 주는 것이다. 이러한 북구는 어린이들의 천국이오, 왕국인 듯 하다.

언젠가 보았던 영화가 생각난다.

흰눈 속에 덮인 북구의 산 속 통나무집에서 수없이 많은 장난감을 만들어 크리스마스이브에 썰매에 싣고 가는 모습의 아름답고 아슴한 광경을 잊을 수가 없다. 비행기를 타고 가던 승객들이 창밖을 내다보는 순간, 빨간 옷의 산타클로스가 선물을 가득 실은 썰매를 타고 하늘로 순록과 함께 날아가는 광경을 보고 모두 환호하며 박수를 보내는 장면은 참으로 감동적이었다.

이토록 어린이들의 꿈을 가꿔주고, 지켜주지는 못할지라도 산타할아버지란 존재하지 않는 허상일 뿐이라는 내용의 이야기가 우리 어린이들의 꿈을 산산이 부수어 버리고 그들을 삭막한 사막으로 인도하는 것은 아닐까.

산타클로스는 어린이들의 것이다. 어린이들에게 더없이 친밀하고 다정한 산타클로스를 어른의 관점에서 부정하는 것은 우리 모두의 불행일지 모른다.

기회가 된다면, 실존하는 산타클로스의 모습을 그린, 어린이들의 가슴속에 영원히 남아 있을 산타클로스 이야기를 쓰고 싶다.

산타클로스의 존재를 믿고 기다리는 이 세상 모든 어린이들의 가슴속에 살아있는 산타의 모습을 보여 줄 수 있기를 소망해 본다.

(「시대문학」 제50호, 시대문학사, 2000. 신년호 / 「한국수필」 144호,

한국수필가협회, 2007. 1·2월호)

시간이라는 강

　나이에 대한 개념은 사람에 따라 다르기 마련이다. 분명한 것은 사람은 나이 먹는 것을 원하지 않는다는 점이다.

　그러나 초침의 궤적이 이어짐으로 시간은 흘러간다. 그 물리적 현상이 도대체 얼마나 미묘한 결과와 역사를 빚는 것인가.

　지나간 날은 누구에게나 의미 깊고 아름답다. 문득 지난날을 생각하고, 남은 날을 생각하면 강박관념이 생긴다. 지나온 날은 수없이 긴 세월이었던 것 같은데, 별로 이룬 일이 없다. 앞날을 바라보면 더없이 짧은데, 할 일은 산같이 쌓여 가슴을 누른다.

　나만 이런 것일까?

　어릴 때에는 삶의 끝이 까마득히 멀게만 느껴졌었다.

　세월이 살같이 빠름을 느낄 때마다 어린 시절에 비해 꼭

같은 시간의 흐름이지만 이렇게 다르게 느껴지는 이유는 무
엇일까.

어렸을 적엔 한 해가, 아니 설날을 앞둔 하루가 왜 그리도
길기만 했는지…. 때때옷을 입고 싶어 아무리 기다려도 밤
이 새지 않아 뒤척이며 지루하기만 하던 그믐밤의 기억이
새롭다.

한 살을 더 먹는 뿌듯함과 들뜬 축제 분위기가 그토록 애
타게 기다려졌는지도 모른다.

그렇게 기다려 맞이한 설날, 추석, 생일 등 신나고 벅찬
날들은 너무도 빨리 지나가 안타깝기 그지없었다.

나이가 들어감에 따라 설날은 즐거운 축제가 아니다. 오히
려 피하고 싶은 날이 된다. 십대에서 이십대가 될 때의 성숙
감, 이십대에서 삼십대가 될 때의 서운함과 책임감, 그리고
삼십대에서 사십을 향했을 때의 조바심과 초조한 마음….
이런 것들이 설날 기피 현상의 요인으로 전이되는 것은 아
닐지.

왜 나이 들수록 세월이 빠르다고 느껴지는 것인가를 곰곰
이 생각해 본다.

초등학교 입학 전 유아기에는 자신의 유희와 새로운 세계

에의 적응이 최대의 과제이다. 따라서 자신의 시간을 타인에게 할애할 의무와 책임도 없을뿐더러 오히려 부모님의 보살핌이라는 시간을 할애 받는 시기이다. 때문에 하루 스물 네 시간을 온전히 자신의 것으로 활용할 수 있기에 시간의 흐름을 예민하게 인식하지 못하는 것이다. 그러기에 이 시기는 나이 먹는 것이 자랑스럽고 대견하여 언제 열 살이 될까, 빨리 어른이 되었으면 하는 마음이 간절하게 된다.

초등학교에 입학하면 유년기의 생활에 학교공부가 더해진다. 그만큼의 시간이 빨리 간다고 느껴진다. 그러나 그다지 큰 변화가 느껴지는 시기는 아니다.

좀더 성장하여 청소년기가 되면 사고의 영역이 조금씩 확장되어 간다. 오락, 공부, 교우관계, 인생문제 등… 따라서 이제껏 지나온 날에 비하면 고차적인 고민에 빠지게 되는 것이다. 때로는 생에 대한 회의마저 느낄 때도 있고, 시험에도 시달린다. 그러나 이 시절도 시험이란 부담의 굴레만 없다면 그저 즐겁고 활발하게 진행되는 시기이다.

여러 가지 규제된 생활을 마치고 청년기에 들어가면 보다 복잡하고 차원 높은 사색과 고민에 직면하게 된다. 학교공부를 마치더라도 취업이란 거대한 문이 가로놓이고, 인생의 반려를 생각하고 이성에 대한 관심도 생긴다. 모든 것이 미정인 상태이기에 방황에 빠질 때도 있다.

그래도 이때까지는 자신과의 문제에만 관련된 것이므로 자신을 벗어난 번민은 아니다. 때문에 더딘 시간을 재촉할 때도 있다.

가정을 이루고 가장과 주부의 위치에 서게 되면 다각적인 대인관계를 갖게 된다. 친족과 처가, 또는 시댁과 친정의 모든 식솔들 간의 복합적 관계가 성립되고, 자녀와의 관계 또한 무엇보다 귀중한 것이 된다. 인간관계가 복잡해진 만큼 그 하나하나에 충실하려면, 자신의 시간을 수없이 쪼개어야 한다.

가장의 위치에 있는 사람은 가족 모두의 욕구를 충족시켜야 하고, 또 일터에서는 자신이 처한 위치에서 없어선 안될 존재로 부상하기 위해 밤낮을 가리지 않고 뛰어야 한다.

어느 분의 말씀이 생각난다.

남편이 사십 대에 이르면 그를 가정으로부터 사회로 돌려줘야 한다. 우리가 사회의 혜택에 보답하기 위해 사회에 기여하도록 해야 한다는 얘기다. 그 자신의 직업에 충실하기 위해서는 사회적으로 많은 일을 해야 하기에 가정 일은 돌볼 여유조차 없는 것이다.

이런 이의 아내는 모든 가정사를 도맡아야 한다. 따라서 주부는 남편, 자녀, 시댁, 친정 그리고 자신의 사회생활 등 수없이 많은 일에 시간을 할애해야 한다. 그러므로 주부는 자신의 시간을 쪼개고 또 쪼개서 그들과 공유해야 한다. 아니 베풀어야 한다. 해서 하루가 어떻게 가는지, 때로는 요일이며 날짜조차도 구분 못할 때도 있는 것이다. 이 같은 시간의 흐름으로 새 달력을 건 지 엊그제 같은데 마지막 한 장을 남겨놓고 뿌연 안개처럼 눈앞이 어른거린다. 이렇듯 한 해가 어린 날의 한 달처럼 아니 한 달보다 훨씬 빨리 스쳐 가기도 한다.

내 나이 아직은 젊다.

이런 나에게도 촌음이 아쉬워지며, 멋모르고 빨리 지나쳐 버린 날의 무상이 느껴지는데, 노년을 맞는 어른들의 마음이야 어떠할까.

시간의 흐름은 생의 잠식이다. 시간이 가면 자의와는 관계 없이 나이를 먹게 된다. 이처럼 빠른 속도로 나이는 들어가는데 번듯한 일 한 가지 제대로 한 것이 없다. 혼신을 다해 뛰어온 마라톤이어야 하는데…. 이 경주는 승부만을 가리기 위한 것이 아니라, 뛰는 순간순간이 모두가 귀중한 인생의 과정일 것이다.

따라서 너무도 많은 이에게, 또 많은 분야에 시간을 나누어야 하므로 시간은 더욱 소중하고 시간이 흐르는 것이 안타깝기만 하다.

노년에 초라하지 않기 위해, 아니 스스로 허탈해지지 않기 위해, 어쩌면 젊은 날을 더 열심히 살아야 하리라.

　새 달력을 갈아 걸 때마다 새로운 각오로 시간의 무게를 겨냥하면서 나이를 이기는 비결을 생각해 본다.

(「自由文學」 35, 자유문학, 2000년. 봄)

어느 가을날의 단상

그토록 타오르던 태양도 이제는 사위어 가는 듯 제법 서늘한 바람이 불어온다. 이럴 때면, 난 웬만한 일은 다 접어두고 어느새 여행을 떠나고 만다.

오랜 외국 생활에서 느꼈던 애환의 잔재가 조용히 다시 타오르면, 나의 시선은 벌써 미국에서의 십여 년 세월로 달려간다. 남편의 임지를 따라 이미 다른 곳의 문화를 경험하였기에 이국생활에 그리 어려움은 없었다. 외교관의 아내. 유학생, 대학 강사, 두 아이의 엄마 그리고 주부로서의 다양한 역할로 늘 시간을 쪼개야 하는 바쁜 날들이었지만 꿈같은 나날이기도 했다.

특히, 가을날이면 나를 일깨우는 상념들이 있다. 그 중 하나는 한국에서 학업을 마치자마자 나는 쉴 틈도 없이 미국에서 또 다른 학문 영역에 도전하고 있었던 것이다. 그때는 정말 시간을 조금이라도 늘릴 수만 있다면 하는 아쉬움을 가질 때가 많았다. 당시 우리 집에는 늘 손님접대가 많았고, 외국에서 적응하며 공부하는 아이들의 뒷바라지도 만만치 않았다. 그런 중에도 집안 살림을 나름대로 완벽히 꾸려 가고, 외교관 생활을 하는 남편을 내조하는 일에도 최선을 다하려 했다. 이토록 바쁜 생활 가운데서도 난 공부에 대한 집념만은 버릴 수 없어 학문의 길을 걸으면서도 뉴욕에서 워싱턴에 있는 대학교까지 먼 거리를 오가며 강의를 하기도 했다. 새벽 열차를 타고 워싱턴에 가서 강의를 마치고 뉴욕에 돌아오면 밤 열한 시가 되었다. 그런데도 그 생활이 즐거웠고 보람으로 가슴 뿌듯하여 피곤한 줄 모르고 힘차게 살던 시절이었다.

가끔은 외로움과 절망에 힘겨워하기도 했다. 졸업 때가 되어 학위논문을 쓰면서 생각이 막히거나 글이 잘 써지지 않을 때는 버릇처럼 찾아가는 곳이 있었다. 뉴욕과 맞닿은 뉴저지에는 예쁜 알파인이라는 동네가 있고, 그곳에서 9W도로를 따라 팰리사이드파크웨이로 접어들어 이삼십 분 정도 달려가면 쎄븐레이크스(Seven Lakes)라는 일곱 개의 호수와 아름다운 숲으로 가득 찬 분지가 펼쳐진다.

그 우거진 숲, 아름다운 호수, 황금빛 쏟아지는 낙엽들의 황홀한 정경들을 바라보며 나는 눈물이 나도록 행복하였다.

팰리싸이드 파크웨이도 그 이름처럼, 사계절 모두 아름다우면서도 언제나 한가롭고 경쾌한 길이었다. 동화처럼 아기자기한 숲 사이사이 바비큐를 하는 사람들이나 오순도순 대화를 나누는 사람들, 또는 산책을 즐기는 사람들조차도 서로에게 부담을 주지 않은 채 한가로이 조화를 이루고 있었다. 티 없이 맑고 그림같이 고운 일곱 개의 호수들과 주위의 즐비한 나무들까지도 정겨운 마음을 전해 주었다. 거기에는 늘 앉아서 호수를 바라보던 나의 자리도 있었다.

미국에는 단풍으로 유명한 곳이 많다. 메이플 시럽으로 잘 알려진 버몬트나 서부의 부자들이 비행기로 와서 단풍놀이를 즐긴다는 뉴햄프셔의 화이트 마운틴, 테네시와 버지니아 그리고 캐롤라이나가 만나는 지점인 스모키 마운틴 또는 버지니아의 쉐난도 계곡 등 셀 수 없이 많은 곳이 있지만, 이곳만큼 나를 평온케 한 곳은 없었다. 봄이면 온통 꽃으로 뒤덮인 호수도 아름답고, 짙은 녹음으로 강한 생명력을 보여주는 여름도 찬란하고, 은빛 눈꽃으로 뒤덮인 호수의 고요함도 매력이 있었지만, 낙엽이 꽃비처럼 바람에 날리는 가을의 정취는 나를 사로잡았다. 어느 가을날 종일토록 그곳에 있었던 적이 있다.

미국 사람들은 아롱진 낙엽의 운치를 채 즐기기도 전, 떨어지기가 무섭게 긁어 치운다. 지저분한 것을 없애고 주위

환경을 깨끗하게 하려는 의도도 있지만, 그에 못지않게 쌓여진 낙엽 밑에 있는 잔디를 보호하기 위함에서이다. 모든 면에서 합리적이고 실리적인 그들은 떨어진 낙엽들을 치워야만 생태학적으로 자연에 유리하기 때문에 그토록 성급히 낙엽을 치워버리지만, 매사에 논리적이거나 합리적이지 못한 나는 여간 아쉬운 게 아니었다. 그럴 때면 소설가 김동리 선생의 어린 시절, 경주 계림 숲 속에서 발이 빠지도록 두텁게 깔린 낙엽더미 위에 날이 저물도록 누워 있었다는 글을 읽었던 기억이 떠오르곤 했다. 낙엽이 지는 정취가 얼마나 그윽하고 풍요로운지 그들은 모르는 것일까.

폭염의 복날을 지나 조금은 서늘한 바람이 다가오니, 지난날의 일들이 하나씩 뇌리에 넘겨진다. 갈피를 잡기 어렵던 어느 가을날, 달려갔던 쎄븐레이크스의 숲 속 구석 벤치에서, 어느 분이 들려주었던 이야기가 떠오르는 것은 웬일일까. 아직도 그 이야기가 내 가슴에 뭉클한 감동으로 남아 있기 때문이리라.

일본이 패전한 후 너무도 살기 어려웠던 시절, 한 홀어머니가 품팔이를 하며 사내아이를 키우고 있었다. 그들의 식사는 언제나 밥, 미소시루(일본 된장국), 단무지뿐이었다. 그러나 그나마도 견디지 못한 어머니는 어떤 사정인지 "이제 맛있는 것 먹고 공부도 할 수 있을 거라"는 말을 남기고 아이를 양자로 주고는 기찻길에서 이별을 하고 떠난다.

그 아이는 자라서 회사원이 되었고 너무도 지치고 힘들던 어느 날 회사 옆에 있는 한 할머니가 운영하는 조그만 식당을 찾아가게 된다. 회사들이 밀집해 있는 지역에 위치한 그 집은 음식의 메뉴가 아주 특이하였다. 정식 메뉴들이 모두 직위별로 되어 있었다. 사원정식, 계장정식, 과장정식, 부장정식… 사장정식 등이었다.

그 음식점에서는 아무리 돈을 많이 내도 자신의 직급에 맞지 않는 메뉴는 먹을 수가 없는 것이다. 자신이 조금씩 발전해 가면서 메뉴도 좋아지는 즐거움이 있는 것이다. 이는 자신의 직분에 맞게 먹어야 삶의 즐거움과 성취감을 느낄 수 있지 않느냐는 의미가 아닐까. 그래서 많은 샐러리맨들은 늘 더욱 맛있는 정식을 먹으며 언젠가는 사장정식을 먹어 볼 수 있을까를 기대하며 열심히 일을 하게 되었다.

회사원이 된 그도 그 음식점에서 승진에 따라 조금씩 더 맛있어지는 과장정식, 부장정식, 이사정식을 먹으며 중년이 되었고, 어느 날 열심히 노력한 끝에 사장이 된다. 그는 너무 기뻐서 바로 할머니 식당으로 달려갔다. 어서 빨리 그렇게도 부러웠던 사장정식을 먹고 싶었기 때문이다. 과연 사장정식은 어떤 것일까. 또 맛은 얼마나 좋을까. 하는 기대에 더 기다릴 수가 없었던 것이다.

달려간 그를 할머니는 눈물을 흘리며 기뻐해 주었고, 조금만 기다리면 사장정식을 갖다 드리겠노라고 했다. 잠시 후 사장정식이 나왔을 때 그는 경악하지 않을 수 없었다. 그 정식은 놀랍게도 밥, 된장국, 단무지만이 정갈하게 놓여 있는 것이 아닌가. 당황한 사장에게 할머니는 "이제 사장이 됐으니 어려웠던 지난 시절을 생각하고 다시금 고삐를 조일 때"라고 말해 주었다. 그토록 애타게 기다렸던 사장정식을 먹는 순간, 그는 그 정식이 가진 의미에 못내 목이 메여 젓가락을 단무지로 옮겼다. 그때, 그 정식에서 옛 시절 어머니가 해주시던 가난했던 식사가 생각난 그는 할머니를 향해 "어머니시죠?"라고 소리친다. 웬일일까, 그 정식의 맛은 어린 시절 먹었던 어머니의 손길이 담긴 조출한 음식과 맛이 너무도 똑같았던 때문이다. 할머니는 한사코 아니라고 했지만 그는 결국 어머니임을 안다.

그 어머니는 인생의 황혼에 있어서 사람은 다시 한번 자신의 매무새를 가다듬고 어려웠던 시절로 돌아가 재충전하는 것이 중요하다는 의미를 보여 준 것이며, 자신이 그 역할을 스스로 담당했던 것은 아닐까. 사정으로 아들을 양자로 보냈던 그 어머니는 대학을 나온 아들이 회사원이 된 것을 알게 된다. 그 후 어머니는 그 회사 옆에 음식점을 열고 어깨가 축 처진 아들을 위해 힘을 주고 먼발치에서나마 그를 돌보고 싶었던 것이다. 그래서 그 모성은 계장정식을 만들지만 먼 훗날을 위해 사장정식까지를 준비해 놓은 것이다.

여기서 어머니는 아들에게 인생의 중년은 물질적으로 풍요로워지고 자신의 사회적 지위도 어느 정도 확보되는 시기이지만, 다시금 인생의 고삐를 조일 때라는 의미를 부여해 줌으로써 인생의 아름다운 마무리를 위해 튼실한 결실을 맺어야 함을 시사해 주는 것이 아닐까.

자신의 디딤돌이 되었던 그 어렵던 시절을 잊어서는 안 된다는 그 어머니의 교훈처럼 한 해의 마지막을 보낼 때는 첫 날의 결심을 되돌아보아야 할 것이다. 사장이 된 아들을 그저 축하해 주는 것이 아니라, 사장이라는 자리에 이른 아들에게 "사장이 된 것이 중요한 것이 아니라 처음에 가졌던 희망과 꿈 그리고 용기를 나시금 이 음식을 먹음으로써 복표를 달성한 사람으로서의 겸허함을 갖도록 단무지와 미소시루를 통해 보여준 것이리라.

가을은 생의 리듬으로 볼 때, 인간의 삶을 끌어주는 에너지로서의 힘이 떨어져 가는 시기가 아닌가 한다. 이처럼 성취욕이 많이 떨어지는 때인 만큼, 새해를 시작할 때의 초심의 마음으로 한 해의 끝마무리를 준비해야 하는 시기라고 본다.

　한 해 한 해가 쌓여 인생이 되듯, 삶에 있어서의 중년인 가을을 얼마나 잘 준비하느냐에 따라 황혼인 겨울도 달라질 것이다. 인생이란 어떤 목표의 달성도 중요하지만 그 달성을 위해 달려가는 과정인 우리들의 인생행로가 어떤 색깔의 길이었느냐가 더 중요한 것이라고 여겨진다. 그것이 마지막 겨울에 대쉬를 할 수 있는 좋은 기회가 되어야 하는 것이라고 본다. 자연이 동면을 하면서도 생성의 계절인 봄을 맞이하기 위해 쉼 없이 준비를 하듯 우리의 삶 또한 그러해야 하지 않을까.

(「열린마당」, LG투자증권사보, 2000, 9월호/
‘龍仁春秋’, 龍仁大學校 龍仁春, 2000. 11. 14/
「가을나무를 보여드립니다」, 자연사랑 문학제, 문학의집·서울, 2001. 11. 14)

페트의 왕국

1980년대 미국에 처음 갔을 때, 나는 여러 가지 다른 문화에서 느끼는 충격에 당혹할 때가 많았다. 그 중 하나가 슈퍼마켓에 갔을 때의 일이다. 한참 과일과 간식들을 사다보니 한 진열대가 모두 통조림과 뼈처럼 만든 과자 그리고 동물들의 장난감이었다. 그런데 그 통조림은 놀랍게도 표면에 고양이와 귀여운 강아지의 그림이 붙어 있었다.

언젠가 어느 대사님이 들려줬던 이야기가 번득 떠올랐다. 아주 오래 전 가난한 한 한국 유학생이 있었는데 돈은 없고 너무도 배가 고픈 나머지, 강아지 통조림이 맛도 괜찮고 해서 단백질 보충원으로 자주 사다 먹었다고 했다. 그 후 청소부가 그 집의 쓰레기통에서 강아지 통조림 캔이 계속 발견되자 경찰에 신고하였다고 한다. 이유인즉 개나 고양이를 키우지 않는 집인데 이상하게도 늘 강아지 캔이 나오니 정신이상자가 아닌가 하고 신고한 것이라고 했다.

애완동물 먹이의 바로 옆 진열대는 사람들이 먹는 통조림 코너였다. 이는 사람과 동물을 동등하게 여김을 시사하는 것이 아닌가 한다. 난 의구심과 더불어 서양인들의 동물 사랑에 놀라움을 금치 못했다. 당시만 해도 우리나라에는 애완동물을 키우는 사람이나 동물병원이 그리 흔치 않았으며, 기껏해야 사람이 먹다 남은 음식으로 개를 키우는 것만을 보고 자란 나에게는 충격이 아닐 수 없었다. 더욱이 그 통조림에는 정확한 칼로리와 성분표시 그리고 유통 기한까지 기록되어 있을 뿐만 아니라 다이어트용도 있어 나를 놀라게 했다.

십 년 넘는 세월을 미국에 살면서 참 이해하기 어려운 일들을 많이 보았지만 특별히 그들의 동물 사랑은 별난 것이었다. 이곳 여성들은 대부분 미장원에는 자주 가지 못해도 손톱을 가꾸는 네일살롱(Nail Salon)에는 가능한 가는 편이다. 그러나 미장원이나 손톱정리를 하러 가지는 못해도 많은 이들이 자신의 애견들만큼은 정기적으로 애완동물센터(Grooming Salon)에 데리고 간다고 한다. 그 곳에서는 페트들에게 미용을 해주고 샴푸, 손톱·발톱정리, 염색 그리고 향수도 뿌려준다. 헤어스타일도 다양하다. 짧고 길고 각양의 핀들로 장식도 해 준다. 뿐만 아니라 귀여운 새끼 강아지를 얻게도 해주는 곳이다.

사람들은 이런 그들의 관심과 돌봄을 동물사랑이라고 여길지 모른다. 그러나 동물의 입장에서도 이런 것들을 행복으로 느끼는지는 알 수 없는 일이다. 사람들의 시각에서 자신들의 대리 만족을 위해 오히려 동물들에게 고통만을 안겨주는 것은 아닐는지 염려도 된다.

얼마 전 어느 분의 말씀에 우리나라에서는 개들이 짖지 못하도록 하기 위해 고막을 뚫어 귀머거리를 만든다고 했다. 물론 스위스에 갔을 때도 개들에게 성대 수술을 해준다는 말을 듣고 나는 인간의 잔혹함에 분노했었다. 그러나 고막을 일부러 파손시켜 벙어리 개를 만든다는 말에 눈물나도록 그들이 가엾고 소름끼치도록 무서운 사람들의 행위에 화가 났다. 본성대로 짖고자 애를 써도 소리가 되어 나오지 않을 때에 얼마나 답답하고 고통스러울까.

어느 날 TV에서 애견 상기자랑을 본적이 있는 데 정말 귀엽고 대단했다. 주인의 명령에 차렷 자세로 걷기도 하고, 구르기도 하며, 심지어는 높은 장대 위에서 줄타기도 하였다. 너무도 많은 그들의 묘기에 찬사를 보내기도 했으나, 줄타기를 하던 조그만 강아지의 겁에 질린 모습은 나를 슬프게 했다. 강아지는 고소병이 있다고 한다. 높은 곳을 그토록 무서워하는 강아지에게 가장 공포를 느낀다는 높이의 장대 위에서 오직 두 줄만을 의지하고 건너라며 주인은 명령을 했다.

처음에는 두려워 두 줄을 움켜잡은 채 꼼짝도 하지 못 했다. 그러나 주인의 두 번째 매서운 명령이 떨어지자 복종할 수밖에 없는 강아지는 목숨을 건 듯 바들바들 떨리는 발을 내딛는다. 저렇게 훈련을 시키려면 얼마나 많은 매를 견디고 굶기는지 모른다고 어떤 이는 말해 주었다. 어쩌면 개의 본분조차도 망각한 처사인지도 모른다.

사람들이 보고 즐기기 위해 처절한 훈련을 시킨다면 동물 학대가 아닐까. 하기야 언젠가는 사람들이 웅담을 계속 공급해 먹기 위해 살아 있는 곰의 쓸개에 호스를 연결해 흘러나오도록 해놓고 웅담즙을 판다는 보도를 보고 경악하지 않을 수 없었다. 살아 있는 생명체가 생살을 뚫린 채 생존하려면 얼마나 고통스러울까. 사람을 위해 동물에게 이토록 가혹한 일을 해도 되는 것일까. 훈련을 시키는 것도 좋은 일이지만 동물학대에까지는 이르지 말아야 하지 않을까.

그러나 요즘은 애견 동호인들의 모임이 있을 정도로 동물을 사랑하는 이들도 점점 늘어가고 있는 듯하다. 같은 견종끼리의 동우회 모임에서는 서로 정보를 교환하기도 하고 어려운 애견들을 위한 기금 모금 바자행사도 하여 친목을 도모하기도 했다. 한 리트리버 동호회원은 "사람들이 싫어서 개를 키웠는데 개를 키우는 사람들끼리 모이다 보니 사람들도 좋아하게 되었다"고 했다. 이렇듯 개들은 인화는 물론 단

절된 사람들과의 대화의 연결고리가 되기도 하고 아이들 정
서를 풍부하게 도와주기도 한다.

매년 봄이면 어김없이 시티홀에서는 애완동물을 키우는
세대들에게 예방주사를 맞혀 주도록 통보를 해 주는 미국인
들은 집에서 애완동물을 키우면 반드시 자신들이 사는 시청
(City Hall)에 신고하게 되어 있다. 이렇듯 그들을 민관(民官)
이 함께 관리하는 것이다. 그곳에서는 개를 잃은 주인들이
그들을 찾기 위해 현상금을 걸은 전단지가 붙어 있는 것이
나, 개를 데리고 산책하는 사람들이 누구나 애완견들의 배설
물을 치우기 위해 멋쟁이 신사 숙녀들까지도 작은 삽과 비
닐봉지를 들고 다니는 것을 보는 것은 흔한 일이다. 이는 자
신들의 애견에 대한 철저한 관리이며 이웃들에게 폐를 끼치
지 않으려는 정중한 배려이기도 한 것이다.

은행의 고객이 된 강아지

어느 날 우연히 TV에서 「모리 포비치(Maury Povich) 토크
쇼」를 보게 되었다. 그 날의 주제는 애견이었다.

어느 신부님이 은행에 가서 자신의 애견에게 통장을 개설
해 달라고 한다. 그러나 은행 직원이 개에게는 해줄 수가 없
다고 거절한다. 신부님은 반드시 해야만 하니 책임자를 만나

게 해달라고 한다. 이유인즉 이 개가 받은 보수를 저축하려고 한다는 것이다. 책임자가 웃으면서 허락을 하여 이 개는 명실상부한 그 은행의 고객이 된다. 이 개는 스카치테리얼이라는 입이 뾰족하고 수염이 있는 작은 강아지이며 스코틀랜드 산이라고 한다. 예쁜 옷을 입은 이 강아지는 주급(미국은 일주일 단위로 보수를 지불함)으로 10달러씩을 받는다. 그러면 신부님은 그 돈으로 그 개의 옷이나 먹을 것을 사고 남는 돈은 개의 이름으로 저축을 해주는 것이다.

이 스카치테리얼은 신부님을 보조하는 일을 한다. 양로원(Nursing Home) 등에 가서 할머니 할아버지들께 있는 재주를 다 부리고 애교를 떨어서, 노인들은 즐거운 나머지 신부님께 이 귀염둥이 강아지를 꼭 데려와 달라고 부탁한다고 했다. 그래서 푸리치(Preach)를 하는 신부님을 돕는 대가로 이 스카치테리얼은 성당으로부터 봉급을 받는 것이다. 그래서 신부님은 강아지 앞으로 은행 계좌를 열어 달라고 요청한 것이다. 수표책은 신부님이 써주고 사인은 개의 발 스탬프를 찍는 것으로 계약이 이루어졌다.

똑똑한 개라서 길 가다가도 사고 싶은 것이 있으면 짖는다고 한다. 그러면 이거냐고 보여주면 좋아하며 꼬리를 친다. 그러면 신부님이 사주고 남는 돈은 저축을 해주는 것이다. 이 개와 신부님은 성당을 지키며 둘이서 산다. 신부님께서는 혼자서 외롭게 살다가 이 개를 만나 함께 살게 되었고 또 그 개가 유용해져서 같이 지내게 된 것이라고 했다.

어느 신혼 부부 이야기

이 집 신부는 8마리의 강아지를 데리고 시집을 왔다고 한다. 신랑은 개를 싫어하지도 않지만 그렇게 좋아하지도 않는데, 1년을 함께 살면서 정이 많이 들었다고 했다. 재미있는 것은 이 부부가 침대에서 자면 8마리 모두 그들의 발밑에서 함께 잔다고 한다. 그런데 어쩌다 남자가 일어나 화장실에라도 가면 개 한 마리가 잽싸게 신랑의 자리로 와서 잔다. 문제는 한번 자리를 차지하면 절대로 비켜주지 않는다는 점이다. 그래서 부인에게 하소연을 하면 다른 데 가서 자면 되지 않느냐고 하여, 하는 수 없이 베개를 들고 소파로 간다고 했다. 그녀의 남편은 심지어 이 부인이 개가 너무 좋아서 아이도 낳지 않겠다고 한다며 푸념을 했다.

이렇듯 이들의 애완동물에 대한 사랑은 광적으로 보일 정도이다. 심지어는 이곳을 페트의 천국이라고 하는 사람도 있다. 그렇다고 해서 모든 동물들이 이 같은 사랑과 보호 속에서만 사는 것은 아니다. 아이러니컬하게도 사람들은 그들을 사람의 잣대로 행복해 보이고 예뻐 보이니 치장도 해주고 안락한 집에서 살게 하는지도 모른다. 가끔은 과연 그것이

동물들이 원하는 삶일까를 생각해 보기도 한다. 개는 일면 야성도 지닌 동물이어서 때론 하늘을 향해 짖기도 하고, 공격적이고 싶을 때도 있지 않을까 생각되기 때문이다.

다섯 개나 총알이 박힌 사냥개

더션드(Dauschund)라는 독일 산 일명 소시지 개의 이야기이다. 주인이 처음 이 나이 많은 개를 발견했을 때 몸에 총알이 네 다섯 개나 박혀 있었다고 한다. 사냥개였는데 늙어서 제 구실을 하지 못하자 사냥꾼인 먼저 주인이 총을 쏜 것이라고 했다.

그 개가 네 다섯 발을 맞고도 죽지 않고 도망친 것을 동물보호센터(Dog Shelter)에서 발견하여 응급 치료 후 보호해 주던 것을 지금의 주인이 맡아 보살펴주고 있다고 한다. 수차례 병원에 데리고 가서 치료해 주었지만 총알은 빼내지 못 했다고 하였다. 여러 번의 수술로 털이 빠지고 흉도 심해 보기가 안 좋았다고 했다. 특히 머리 중앙의 총알 자국은 보기가 가엾어 성형수술을 해주었다고 한다.

지금은 그 개가 늙었지만 너무나 영리하고 성격도 좋아 먼저 기르던 개와도 친구가 되고 신문을 가져오는 일 등 심부름도 잘한다고 한다. 먼저 주인을 찾아 법적 처리(Law Suit)를 하려고도 했지만, 찾을 수가 없었던 지금의 주인은 이렇게 귀여운 개를 무참하게 죽이려 한 전 주인을 이해할 수 없노라고 했다.

그런가 하면 이런 재미있는 일도 있었다. 내가 아는 한 한국인 목사님이 겪은 얘기다. 처음 미국에 오셔서 누가 개를 한 마리 주어 한국식으로 마당에 매어 놓고 키웠단다. 그런데 그 댁은 모두 낮에는 일하러 외출을 하기 때문에 밤에나 식구들이 집에 모이게 되었다. 그래서 아침이면 개에게 먹을 것을 가져다주고 저녁에 돌아오곤 했다고 한다. 그런데 며칠이 지난 어느 날 돌아와 보니 개가 없어졌더라는 것이다. 찾아다니다 옆집에 물으니, 주민의 신고로 개 보호소에서 데려 갔다고 하더란다. 이유인즉 동물을 종일토록 추운 날 밖에 방치하여 두니, 이는 동물학대에 해당한다는 것이다. 그 동안 그 개와 정도 들고 하여 되돌려 달라고 사정을 해 보았지만 돌볼 자격이 없으니 그렇게 할 수 없다고 하여 하는 수 없이 그대로 돌아왔다고 한다.

하기야 백만장자가 자신의 재산을 애견에게 물려주는 사람도 있는 나라이니 어찌 이런 일을 이해할 수 있으랴. 어느 날 텔레비전에는 눈이 부시도록 하얀 개가 트렌치코트를 입은 한 신사와 함께 산책을 하는 장면이 나오고 있었다. 그 신사는 그 개의 비서라고 했다. 주인은 임종하기 전 담당 변호사에게 의탁해서 백만장자인 자신의 재산을 그의 애견에게 물려주며 그 돈으로 그 개의 일생을 행복하게 살도록 돌보아 줄 것과 죽은 후 화려한 장례식을 치러줄 것을 부탁했던 것이다.

안경을 쓴 강아지

어느 날 뉴욕 거리를 걷고 있을 때의 일이다. 검은 베일에 차양모를 쓴 멋진 숙녀가 안경을 쓴 너무도 작은 강아지를 데리고 산책 중이었다. 예쁘다 못해 앙증맞은 이 강아지를 보고 딸아이와 난 저절로 다가가 주인에게 모양으로 씌워준 거냐고 물었다. 그랬더니 그녀는 이 강아지가 크게 아픈 후 시력이 떨어져 실수를 많이 했다고 한다. 물건을 건드려 떨어뜨리기도 하고 음식을 쏟기도 하더란다. 그래서 안경 전문점에 데리고 가서 여러 차례 고안 끝에 안경을 맞춰 주게 되었노라고 했다. 그 후로는 강아지가 성격도 명랑해지고 실수를 하는 일도 없어져서 모든 가족이 행복해졌다는 것이다. 강아지와 함께 멀어져 가는 그녀의 뒷모습이 어찌나 아름다워 보이는지 한참을 발을 떼지 못하였다.

우아하게 인사하는 콜리

워싱턴에 살고 있을 때 알고 지내던 교수님댁에는 탱고라는 우아한 콜리가 있었다. 이 콜리는 한번 그 댁을 방문하여 주인과 인사를 나눈 사람이 다시 왔을 때는 절대로 짖지 않는다. 더구나 무도회 등에서 숙녀들이 한 발을 내밀고 몸을 낮추는 인사법을 배운 듯한 구부리는 탱고의 우아한 인사는 정말 멋지다. 너무 귀여워 다시 시켜도 보지만 자신이 원하지 않으면 절대로 하지 않는다. 그러나 우리 가족에게만은 언제나 그 예쁜 인사를 잊지 않았다. 뿐만 아니라 탱고는 재주도 많았다. 승마를 하는 그 댁 따님이 어려서부터 말처럼 뛰어넘는 훈련을 시켜서 장애물 넘기도 잘하고, 3개 국어를 이해할 수 있는 뛰어난 언어력도 지녔다.

그런데 어느 날 교수님 가족들이 여행을 가게 되었다. 그럴 때면 보통 개를 데리고 갈 수 있는 호텔을 예약하여 동행하는데, 그때는 사정이 있어 하는 수 없이 개 호텔에 맡기고 가게 되었다고 한다. 그러나 문제는 그 후에 일어났다. 탱고는 돌아온 가족들에게 노여움으로 얼굴을 돌리고 외면한 채 눈도 맞추지 않더라는 것이다. 뿐만 아니라 며칠 동안 그 가족이 가장 아끼는 것 중에 하나인 페르시안 카펫에 오물이나 음식물 등을 묻히거나 묘기나 재롱을 부리기는커녕 가족들을 피하며 식구들의 관심을 끌 수 있는 일이면 무엇이든 말썽을 부리더라는 것이다. 가족들은 혼자 두고 간 죄책감으로 일주일 간이나 참고 달랜 끝에 탱고의 본래 모습을 되찾았다고 한다. 우리 가족은 탱고가 보고 싶어 우정 그 댁을 방문할 때도 있었다. 그래서인지 탱고와 정이 많이 들어 귀국 후에도 교수님과 전화를 할 때면, 꼭 안부를 묻곤 했다. 그러던 어느 날 슬픈 소식을 접하게 되었다. 그리도 영리하고 착하던 탱고가 자동차 사고로 세상을 떠났다는 아픈 사연이었다.

안고 다니는 치와와

내가 샌프란시스코에 살 때 잘 아는 성악가의 집에는 열 살이 된 치와와를 기르고 있었다. 그런데 그 치와와는 심장병을 앓고 있었다. 두 번이나 수술을 했지만 후유증으로 세 번째 수술을 앞두고 있어 그 부부는 마음 아파했다. 만약 허약해진 치와와가 수술로 더 악화되어 죽게 되면 어쩌나하는 두려움 때문이었다. 자녀가 없는 그 부부는 바라보기도 애처로워 가슴이 무너진다고 했다. 그 치와와는 그들에게 자녀와도 같았다. 그들은 하루라도 그 치와와가 고통스러워하는 것을 볼 수 없다며 다시 수술을 하기 위해 동물병원에 입원시켰고, 잘 회복되어 데리고 다녔지만 다른 개들처럼 혼자서 뛰어 놀 수는 없었다. 그 노부부는 언제나 안고 다니며 바깥 구경을 시켜 주었고, 식사도 유동식으로 조심해 주며 간호에 온 정성을 쏟았다.

장님, 귀머거리 강아지

주위를 살펴보면 정말 독특한 사람들도 있다. 어떤 집에는 고양이를 600마리나 기르는 이가 있었다. 집 잃은 고양이들을 데려다 키운 것이라고 했다. 또는 강아지에게 웨딩드레스와 턱시도를 입혀 가지고 결혼식을 시키는 이도 있어 TV에 방영되기도 했다. 이렇듯 다양한 삶의 모습이 더욱 정겨워 보였다. 그런 중 눈멀고 귀먹은 개를 키우는 아름다운 분이 있었다. 오직 냄새와 경험만으로 구분하며 생활을 하는 가엾은 이 개는 너무도 성품이 곱고 영리하기는 하지만 볼 수가 없으니 어려서는 자주 부딪치기도 하고 물건을 깨기도 하였다고 한다. 그러나 성견이 되어서는 주위의 모든 것을 기억하고 조심하여 잘 생활하게 된다. 그러나 어느 날 이 댁은 이사를 하게 됐는데 새집으로 이사온 후 이 개는 여기저기 가구 등에 부딪치기도 하고 넘어지기도 하는 것이었다. 이것을 본 그 집 안주인은 모든 가구의 배치를 이전의 집과 똑같이 하였을 뿐만 아니라 그 후로 가구의 배치가 싫증나더라도 절대로 바꾸지 않는다고 했다

다이어트하는 빙고

우리가 이십여 년 전 이집트에 살 때부터 친구로 지내던 페닝턴 부부가 있는데 이들은 빙고라는 하얀 비션을 키우고

있다. 그들이 테네시에 살고 있을 때 초청을 받아 3박 4일을 함께 보낸 적이 있다. 빙고는 우아한 숙녀 대접을 받고 있었다. 재미있는 것은 이 개는 정기적으로 스스로 다이어트를 한다는 것이다. 3일에 한 번씩은 절대로 음식을 먹지 않고 체중조절을 하며, 자동차를 타고 갈 때도 꼭 창문을 내려 밖으로 머리를 내밀고 우아하게 머리를 휘날리며 멋을 낸다. 뿐만 아니라 3층으로 된 그 댁에는 빙고가 가도 되는 지역과 갈 수 없는 구역이 구분되어 있다. 빙고는 신기하게도 줄이 쳐져 있는 것도 아닌데 잘 지켰다. 그 후 그 댁이 사우디아라비아에 근무하게 되어 라야드에 살고 있을 때 그 부인은 여행을 하게 되어 페닝턴씨 혼자서 빙고를 데리고 물건을 사러 갔단다. 환풍을 위해 문을 조금 내려 주고 잠시 물건을 사러 갔다오니 빙고가 없어졌더란다. 그는 부인이 알면 절대로 용서하지 않을 거라는 두려움에 거금의 현상금을 걸고 종일을 찾아 헤맨 끝에 운 좋게도 빙고를 되찾게 되었다고 했다. 그러나 여행에서 돌아온 그의 부인은 이야기만 듣고도 찾지 못했으면 어찌했을까 하는 생각에 눈물을 쏟더라는 것이다.

강아지에 관한 이야기는 이뿐만이 아니라 끝이 없을 정도이니 더 많은 얘기는 다음으로 미루기로 하고 끝으로 어느 한국 신사가 겪은 체험담 하나만 더 소개하려 한다. 맨해튼에 있는 워싱턴 광장에서 여러 한국의 내빈들과 함께 한국이 낳은 비디오 아티스트 백남준 씨의 작품전을 보기 위해 가던 도중 어느 미국 할머니가 그에게 묻더라는 것이다. "당신은 개를 좋아하십니까?" 갑작스런 질문에 그는 당황이 됐었다고 했다. 할머니의 질문인 'like'라는 의미가 개를 사랑하느냐는 의미인지 ○○탕을 좋아하느냐는 뜻인지를 분간할 수 없어 애견가인 그는 궁여지책으로 "나는 강아지를 기르고 있으며 사람과 똑같이 개를 사랑한다"고 대답을 하자, 할머니는 활짝 웃으며 "너희 나라에서는 ○○○을 먹는다는 것을 잡지에서 읽은 적이 있어 혐오하였지만 당신 같은 사람도 있다니 불행 중 다행이다"라며 손까지 잡아 주더라는 것이다

그들은 인격을 존중하듯 견격(犬格)도 존중해 주고 싶은 마음이리라. 동물과도 이처럼 정을 나누며 지낼 수 있는데, 이와는 달리 인간들의 범죄나 부도덕함을 보도를 통해 접할 때면 보기 민망할 때가 많다. 말할 수 있고 느낄 수도 있는 유일한 존재인 인간이야말로 그 혜택을 감사하며 정을 나누는 따스한 삶을 살아가야 하지 않을까.

(「탐미문학」 2003 추계호, 은혜미디어, 1993. 10. 10)

2부

나일강의 꽃

별바라기

별이 돋기를 애타게 기다린다.

언제부터인지 밤하늘을 바라보는 습관이 생겼다. 큰아이 혁이가 천체관측에 유별나게 취미를 보이고부터 나 또한 별을 좋아하게 되었다.

찬바람이 불면서 왠지 쓸쓸한 마음이 들어 뜰에 내려 바람을 쐬다가 문득 오래 전 어느 해 여름의 휴가를 떠올렸다.

우리는 간단한 옷가지 몇 점만 챙겨 동해안으로 떠날 계획이었다. 그러나 혁이는 기필코 천체 망원경을 가져가야겠단다. 충격에 약하고, 부피도 크기 때문에 만류했으나 하도 우겨서 허락을 했다.

낙산에 있는 비치호텔에 도착하여 우선 별을 잘 관찰할 수 있는 전망 좋은 방을 요청했다. 야산의 숲으로 둘러싸인 호텔에서 내려다보이는 동해바다는 문명과 천연의 조화를 이룬 곳이었다. 특히 창망한 바다와 맞붙은 하늘을 바라볼 수 있어 더욱 좋았다.

우리는 첫 밤을 맞이하기 전 망원경을 설치하고 가슴 조이며 어둠을 기다렸다. 깊어가는 밤, 모든 시선이 지켜보는 하늘에는 까만 장막만이 펼쳐져 있었다. 오면서 차에 시달린 혁이는 졸음을 참으려 안간힘을 썼지만 얼마 가지 않아 잠이 들고 말았다.

새벽녘이 가까워서야 하늘에 희미한 별 하나가 얼굴을 내밀었다. 얼른 아이를 깨웠다. 혁이는 잠결에 "금성이구나" 하며 벌떡 일어났다. 혁이는 아무리 깊이 잠들어도 별이 떴다고 하면 언제라도 금세 일어나곤 했다. 어떨 땐 그런 혁이의 모습을 보면, 그 애에게서 어떤 신비로움이 느껴지기도 한다.

혁이는 부지런히 렌즈의 초점을 맞추었다.

금성을 이르기를 해질 무렵 서쪽 하늘에 빛날 때는 '개밥바라기'라 하고 새벽녘 동쪽 하늘에 뜰 때는 '샛별'이라고 한다. 때로는 이 샛별보다 화성, 목성, 토성이 한층 더 밝게 보일 때도 있다고 설명한다.

렌즈의 초점을 맞추고 초롱초롱한 눈을 빛내며 관측하던 혁이는 짙은 안개 때문에 똑똑히 볼 수 없음을 못내 아쉬워하며, 또 다른 별의 출현을 기다렸다.

그러나 쏟아지는 별빛이 비처럼 내려 주기를 소망하는 아이의 바램은 아랑곳없이 날이 새고 말았다. 다음날 밤을 기대하며 애써 아쉬움을 달래는 모습이었다.

혁이는 종일 바닷물에 뛰어 들어 조개를 잡으며 놀이에 열중하면서도 가끔씩 하늘을 살핀다. 그 눈에 집요한 소망이 어린다.

문득, 쇼펜하우어의 "인간이란 꿈을 먹고사는 동물"이란 말이 스쳐간다. 새로운 것을 향한 또 하나의 기대감이 오늘을 지탱해 주는 것이리라.

밤하늘에 별이 살아나고 그믐달이 눈썹처럼 걸쳤다. 천체망원경 속에 떠오르는 별은 크지는 않지만 붉게 활물(活物)처럼 타오르며 빛을 내뿜고 있었다. 나는 그 별빛에 홀려서 넋을 빼앗겼다. 그러나 또 그 이상은 나타나주지 않았다. 우리가 원하는 별무리들은 끝내 만나지 못했다. 지나간 날에 오대산에서 관측했던 온 하늘을 뒤덮던 별떨기는 찾을 길이 없었다.

낙심한 혁이는 결국 설악산으로 옮기자고 졸랐다.

우리는 짐을 챙겨 설악파크호텔로 향했다. 그곳에서도 역시 하늘을 잘 볼 수 있는 전망 좋은 방을 청했다. 이번엔 발코니에 망원경을 설치하고 기대에 부풀었다. 풋풋한 숲내음을 흠뻑 마시며 석양에 물든 검푸른 산악을 대면한다.

불빛 현란한 삼각지붕의 운치를 담은 호텔이지만, 집을 떠난 적막감에 정원에 나와 이리저리 걸음을 옮기다가 까만 하늘을 바라보았다. 사념은 살같이 만리를 달리는데 빛은 찾을 길이 없다. 알퐁스 도데의 목동이 부럽기조차 한 밤이다.

밤하늘은 움직인다.

동쪽 하늘에서 떠서 서쪽 하늘 너머로 지는 태양과 달과 별늘의 경이로움. 그 우수의 신비에 아이는 빨려 들어간다. 어떤 별은 빨갛고 어떤 별은 푸르고 어떤 별은 희고 어떤 별은 노랗다. 천체망원경에 비친 하늘에는 평소에 볼 수 없던 수많은 별들이 보인다.

북쪽 하늘에 걸쳐진 북두칠성을 따라 밤하늘은 원을 그리며 돌아간다. 이는 별들을 실은 하늘의 기나긴 항해이다. 북쪽 하늘을 향해 카메라의 조리개를 열어 놓은 채 고정해 놓고, 한 시간 후쯤 셔터를 닫아 보면 흡사 레코드판의 홈이 지나간 자국 같은 여러 개의 원이 나타난 사진이 찍혀진다. 이것은 별이 움직인 것을 나타내 주는 것이다.

신비로 가득한 밤하늘. 별들은 하늘의 질서 속에 신비를 담고 아름다운 여행을 계속하는 것이다.

봄 · 여름 · 가을 · 겨울, 같은 시간이라도 사계에 따라 별자리도 각기 다르다. 밤하늘이 하루에 한 번 돌뿐만 아니라 매일 조금씩 서쪽으로 움직이기 때문이다.

태양계에는 지구를 포함해서 아홉 개의 떠돌이별이 있고, 이 아홉 개의 별들의 둘레를 도는 작은 위성들이 있다.

달은 지구의 위성이며 화성은 두 개, 목성은 열두 개, 토성은 열 개, 천왕성은 다섯 개, 해왕성은 두 개의 위성을 갖고 있어 태양계에는 모두 서른 두 개의 위성이 있는 셈이다.

긴 꼬리를 단 사리별(혜성), 광도가 변하는 변광성, 쌍둥이별, 카시오페이아, 달이 없는 맑은 밤하늘에 떨어지는 별똥별…. 겨울밤 하늘에 제일 밝게 떠오르는 시리우스(連星), 어렴풋이 빛나는 작은 구름과 같은 성운, 우리 태양계를 포함한 약 천억 개의 별무리인 은하계….

이 모든 것들이 다 내 마음을 사로잡는다.

시야를 가로막는 바다에 서린 안개를 피해 산을 찾은 보람을 기대하며 밤은 깊어갔다. 그러나 단 하나의 별도 뜨지 않은 채 날밤을 또 하얗게 새고 말았다.

삶이란 어쩌면 기다림인지 모른다.

다음날 우리는 아쉬움을 달래려 산행을 하기로 했다.

무슨 일이든 일단 맘먹으면 포기할 줄 모르는 혁이. 하얗게 밤을 밝힌 햇쑥한 얼굴을 바라보며 가만히 있을 수가 없었다.

"혁아! 별은 보지 못했지만 우리 별보다 더 큰 용을 잡으러 가자!"

우리는 힘차게 설악산 비룡대를 향해 발을 내디뎠다.

비룡대에 오른 후에도 혁이의 가슴에 머물러 있는 별그림자는 아직도 사라지지 않는지, 오늘밤도 혁이는 창가에서 서성인다. 아마, 혁이는 행성의 신비에 소년기의 호기심을 몽땅 빼앗긴 모양이다.

그래, 다음 방학엔 네가 꿈꾸고 그리는 커다란 별을 너는 틀림없이 따 올 수 있을 것이다. 잠든 아이의 천진한 모습을 바라보며 나도 별을 꿈꾸어 본다.

혁이는 모르리라. 자기 자신이 하나의 아름다운 별인 것을.

(「月刊文學」 370호, 한국문인협회 발행, 1999. 12.)

나일강의 꽃
—나눔의 의미를 아는 사람들

오랜 동안 해외에서 살거나 여행하는 동안 알게 된 사람들 중, 내게는 잊혀지지 않는 사람들이 여럿 있다. 그 중에서도 가장 아름다운 분들은 이집트에 살 때 만났던 몇 분 봉사자들이 아닌가 한다. 오늘도 이들의 모습을 떠올리며 참삶의 의미를 되새겨 본다.

마티나 수녀님

붉은 오월의 꽃이 가득 피는 이집트 카이로 근교 나일강변에 자리한 '마아디'라는 마을에 수녀원이 하나 있다. 그곳에서는 영국 불란서 등 각국의 수녀님들이 봉사활동의 하나로 현지인들에게 외국어를 가르친다.

높은 담장가에 울창한 야자수들이 그늘을 드리우고, 마당엔 온갖 꽃들이 피어 있다. 돌담 아래로는 피레네산록의 루루드

에서 순진무구한 벨라뎃다란 소녀에게 발현했던 성모처럼 하
이얀 마리아상이 성스럽게 자리하고 있다.

나는 그 곳에서 삼 년간 수녀님께 영어를 배운 적이 있다.
아니, 그것은 참다운 아름다움이 무엇인가를 배웠다고 하여
야 옳을 것이다.

그 수녀님의 표정엔 평화와 사랑이 넘쳤고, 그 모습엔 편
안함과 자애로움이 있어 그분을 바라보는 것만으로도 마음
의 평정을 찾게 했다. 참으로 신비한 감동을 주는 분이었다.

마티나 수녀님.

그분은 스위스에서 태어나 어린 시절을 알프스 산정에서
보내고 영국에서 성장한 후, 수녀가 되어 아프리카에서 대부
분의 생을 보냈다고 했다. 내가 수녀님을 만났을 때 그분은
여든 하나였다. 여든이 되어서야 가나를 떠나 이집트에 오셨
다고 한다.

마아디의 나무 그늘을 따라 높다란 담장을 돌면 육중한
수녀원 문이 나타난다. 그곳에 들어서면 절대 순명, 절대 순
결, 절대 청빈의 생활을 하고 있는 수녀님들이 수를 놓거나
책을 읽거나 무엇인가를 만들며 분주히 오가는 모습이 보인
다. 그 곳 정문에서 오른쪽으로 세 번째 방이 마티나 수녀님
의 공부방이다. 나는 그 곳에 일주일에 두 번씩 갔다.

언제나 만나면 인사를 하고 나서 서로 마주앉아 두 손을

모으고 주기도문을 왼다. 그리고 나서야 영어를 가르친다.

배우는 재미도 있었으나 나에게는 수녀님을 뵙는 일 자체가 즐거웠다. 한국에 관하여는 물론, 단 한 마디의 한국어조차 모르는 분이었으나 바로 우리 한국 할머니처럼 친근감이 느껴지던 분이다.

여든이 넘은 수녀님이지만 고운 얼굴에는 항시 미소가 담겼다. 그러나 숙제를 게을리 하거나 공부에 열중치 않을 때는 그 표정에서 엄한 채찍을 읽을 수 있었다. 혹시 누구라도 어려운 사정이 생겨 오지 못하는 사람이 있으면 반드시 그를 위해 기도해 주시곤 했다.

그분이 화를 내거나 당황하는 모습을 삼 년간 한 번도 뵌 적이 없다. 공부가 끝나면 언제나 변함없이 일어나 문 앞까지 배웅을 해 주셨다. 외국어를 가르치고 받는 수업료는 다른 곳에 비해 적었지만 전액을 봉사기금으로 희사하셨다.

이는 적은 수업료로 배울 수 있는 사람들에게는 봉사와 선교가 되고, 다시 그 봉사기금을 받는 어려운 사람들에게도 선교가 되니 오직 봉사만을 위한 그분들의 삶이리라.

낯설고 먼 이국생활에서 대부분 느끼게 된다는 그 어려움을 나도 겪은 적이 있다. 공부를 시작하기 전 수녀님에게 어려움을 말씀드렸을 때 수녀님은 '모든 일에 기도와 간구로 하나님께 아뢰면 하나님의 평강이 너희 마음과 생각을 지키

시리라'는 빌립보서의 말씀을 들려 주셨다. 그리곤 수업이 끝나자 조용히 내 손을 잡고 미사실로 가셨다. 나란히 무릎을 꿇고 기도하다가 수녀님은 조용히 먼저 나가시고 나는 잠시 더 기도를 드린 후 돌아왔다. 이렇게 몇 주를 지나는 동안 고통스럽던 마음이 평정을 찾게 되었다. 수녀님은 마음의 평안을 불러오는 천사이셨다.

어느 해 콜레라가 심하게 퍼졌다. 열대지방에서는 황열(Yellow Fever)과 같은 풍토병도 무서웠지만 콜레라 또한 긴장케 했다.

우리는 엘살렘이라는 종합병원에서 예방주사를 서둘러 맞았다. 그 후 수녀님을 만나 콜레라 예방주사를 맞으셨냐고 여쭈어보니 맞지 않으셨다고 했다. 놀라는 나에게 콜레라가 여름에만 있는 곳이 아니며, 나일강물을 그대로 먹고사는 어려운 기자(피라미드 근처) 마을 사람들에겐 연중 발생하는 병이지만 수녀님은 항시 그 곳에서 봉사활동을 하고 있다며, 그러니 특별히 예방주사를 맞을 필요도 없다고 하셨다.

사람들이 이제 연세도 높으셔 건강도 돌봐야 하니 이렇게 살기 어려운 나라에 그만 계시고 본국에 돌아가서 편히 보내시는 것이 좋겠다고 하면, 수녀님은 잔잔히 웃으시며 여기가 수녀님에겐 미안하리만큼 편안한 곳이며, 평생을 오지에서만 선교하셨으므로 어려움은 그 곳을 따를 곳이 없다고

했다. 그래서 노년의 고생을 덜기 위해 이집트에서 시무하게
된 것이라고 하셨다. 언제쯤 고국에 돌아갈 것인가를 여쭈었
을 때 수녀님은 조용히 고개를 저으며 이집트가 생을 마칠
마지막 봉사지라고 하셨다.

그분들은 왜, 무엇을 위해 그와 같은 어려움을 기꺼이 견
디는 것일까.

어느 해 여름 서울에서 수재민을 돕기 위해 의류를 모으
는 일에 참여했을 때였다.

모은 옷가지는 여러 상자가 될 만큼 많았다.

그러나 터진 옷, 단추 없는 옷, 심지어는 입던 옷을 빨지
않고 그대로 가져온 것도 있었다. 물론 반반이 손질을 한 옷
도 있었지만 그런 것은 드물었다. 하나하나 싸며 그 옷을 받
게 될 분들에게 면구스러움을 느꼈던 적이 있다.

수녀님은 늘 헌 옷가지들이나 생활용품들을 모은다. 그러
나 그것을 절대 그대로 보내는 일이 없다. 빨아서 단추도 달
고, 터진 곳은 정성껏 꿰매고 일일이 다려서 매만진다. 그리
고는 새 비닐을 사다 하나하나 포장하여 신상품처럼 정성을
드려 보낸다.

그 일을 하면서 수녀님이 더욱 생각났다. 보다 나은 것,
보다 높은 것을 위한 그분의 끝없는 봉사와 희생의 정신
이….

같은 도움의 손길, 똑같은 헌옷이지만 우리가 보냈던 것과 수녀님이 보낸 옷가지는 너무도 큰 차이를 느끼게 했다. 수녀님과 만나 공부를 하는 동안 참된 봉사의 의미를 생각게 되었던 점이야말로 참으로 큰 공부였다. 어려운 일에 부딪칠 때마다 한없이 사랑을 주실 줄만 알던 그분의 눈빛이 지금도 문득문득 떠오르곤 한다.

아름다운 노부부 번스씨

매주 수요일 오전 10시면 번스라고 불리는 미국인 노부부의 커다란 아파트는 봉사활동의 장소로 제공되었고 그 곳에는 많은 부인들이 모여들었다.

부인들은 모여 서로 친목을 도모하였고 그러면서 손으로는 털양말을 짜거나, 큰 담요를 네 등분하여 자른 부분을 올이 풀리지 않도록 마무리 바느질을 하여 아기들 이불을 만들기도 하고, 솜씨가 좀 나은 이는 아이들의 조끼도 짜고 스웨터도 만들었다.

번스씨 댁의 넓은 아파트는 수요일이면 어김없이 문이 열려 있고, 들어서면 그 댁 요리사가 늘 친절하고 정중하게 안내를 한다.

그날은 큰 거실 한 옆에 있는 탁구대가 작업대가 되었다. 우리가 봉사물품을 만드는 동안 옆의 넓은 식탁에는 커피와

차 그리고 케이크, 쿠키 등의 다과가 차려지고 자유롭게 가져다 먹으며 즐거운 분위기 속에서 작품을 만든다. 물론 모든 재료는 그곳에서 제공하고 우리는 노력만을 봉사하는 것이다. 이곳에 모인 부인들은 모두 기꺼이 즐거운 마음으로 작업을 한다.

기간을 정해 만든 물품들을 모두 고아원에 가져간다. 고아원에는 각국의 부인들로 구성된 회원들이 함께 가는데 그때 함께 갔던 한 한국부인의 말이 생각난다.

머리에서 진물이 나거나 콧물이 흐르고, 땟국물로 얼룩진 아이들의 얼굴을 닦아주고, 이발도 해 주는 것을 보고 어떻게 그런 일을 할 수 있느냐고 물으니 그분들은 오히려 이상하다는 듯 왜 못하느냐며 집에 가서 깨끗이 손을 씻으면 되지 않느냐고 반문하더라는 것이다. 그로부터 그 한국부인도 늘 그 봉사활동에 동참한다고 하였다.

함께 만들어 가지고 간 물건들과 각자 집에서 모은 물건, 그리고 바자회를 하여 모은 기금을 전달하고, 그들과 함께 한 나절을 보내고 돌아올 때 내 눈에 비친 그들의 뒷모습이 너무도 아름다웠다.

바자회는 상품을 파는 일 뿐만 아니라 그림을 그리는 사람은 사람들의 얼굴에 여러 동물들의 그림을 그려주고, 변장한 산타클로스는 아이들과 기념사진을 찍어 주기도 하고, 직접 햄버거를 구워 팔기도 한다. 또한 집에서 만든 피클, 잼 그리고 수예품 등 주부들의 손으로 만들어진 상품들을 팔아 기금을 마련한다. 말 그대로 도네이션(Donation) 바자이므로 모든 것이 불우한 사람들을 위해 쓰인다. 특히 각자 집에서 필요 없는 물건들을 기증하여 파는 코너도 아주 유용했다. 이 또한 큰 몫을 차지하며, 여기서 어떤 사람에게는 별 쓸모 없는 물건이라도 어딘가엔 꼭 필요한 사람이 있기 마련이라는 교훈도 터득케 되었다.

조금만 눈을 돌려보면 우리의 아주 작은 정성과 관심일지라도, 어려운 이웃에게는 큰 보탬이 될 수 있다는 것을 알게 된다. 그럼에도 우리는 때로 그것을 외면하며 살아온 것은 아닌지 되돌아본다.

꽃꽂이 봉사를 하는 오르간 연주자

카이로 근교 마아디라는 마을에 있는 교회에 장식용 꽃을 꽂는 한 미국부인이 있었다. 그곳의 한인교회는 교회건물이 없어 미국인들의 교회를 빌려 일요일 오후 예배를 드렸다. 이집트는 이슬람의 율법에 따라 금요일이 휴일이므로 그들이 예배드리는 날짜를 피해서 택한 것이다. 우리 한국 교민들은 교회를 지을 경제적 여유도 없었지만, 설혹 여유가 있을지라도 교회 짓기가 어려워 미국인 교회를 빌려 쓰는 방법을 찾은 것이다.

이집트는 이슬람 국가이기 때문에 기독교 교회에 대한 건축허가를 받는 것이 너무나 어렵고 또 교회가 서더라도 그 부근에 반드시 이슬람 사원을 별도로 세워 기독교에 대한 이슬람의 상대적 우위를 유지시킨다고 한다. 그래서 외국인 교회를 몇몇 교회가 날짜별이나 시차별로 나누어 쓰는 것이다.

그럼에도 그 부인은 그들의 예배일은 물론 우리가 예배드리는 날까지도 늘 꽃을 꽂아 교회를 빛내 주었다. 물론 후에 그 일을 알게 되어 한국교회에서 맡아 꽃꽂이를 시작하였다. 그분은 외국인교회의 파이프 오르간 연주자로도 활동하는 숨은 봉사자였다. 우리는 그 부인을 그냥 올게니스트라고 불렀다.

그분의 사랑이 커다란 무게로 우리를 감동시킨 것은 그분이 남모르게 참 기독교의 박애정신을 몸소 실천하고 있었기 때문이다. 하나님과 인간이 모두 기꺼워 할 아름다운 사람이었다.

이와 같이 이들은 자신들이 쓰고 남은 시간과 물질로 봉사하는 것이 아니라 자신이 가진 모든 것을 나누며 사는 봉사생활이 몸에 밴 것이다.

봉사에 대한 기억을 떠올릴 때면 마티나 수녀님의 생각이 더욱 선명해진다. 귀국을 하게 되어 작별인사를 갔을 때 수녀님은 나에게 축복의 말씀을 주시면서, 평안은 늘 마음 가운데 있는 것이라 했다. 내가 그 육중한 수녀원 철문을 나와 돌담을 돌아설 때까지 가녀린 손을 흔들며 뒷모습을 바래주시던 수녀님. 언젠가 기회가 닿으면 모든 것 제쳐놓고 그분을 만나기 위해 다시 한 번 이집트를 방문하고 싶다.

그분은 내가 만난 사람 가운데 가장 아름다운 사람 중의 한 분이며, 그분과의 만남은 인간이 국경이나 인종을 초월하여 그토록 아름다울 수 있다는 것을 느끼게 한 귀한 인연이었다.

수녀님은 헐벗고 버려진 자의 등불이 되어 오늘도 기자마을을 찾아 갈 것이다.

나일강변을 온통 붉게 물들이는 화사한 '오월의 꽃'처럼 마티나 수녀님의 사랑은 이집트뿐만 아니라 인류 위에 아름답게 만개할 것이다.

(「변화하라 조국이여」 공저, 新知性社, 2000. 1. 31)

목련이 꽃망울을 터뜨릴 때

뜰앞 백목련이 꽃망울을 터뜨렸다.

어머니가 오신 듯하다. 생전에 유난히 목련을 좋아하시던 어머니….

세상에서 가장 고귀한 사랑은 모성이 아닐까. 누구에게나 깊은 곳에 잠재된 착한 마음이 있다면 바로 모성의 영향일 것이라고 생각된다.

전쟁터에서 운명 직전 병사들이 부르는 이름은 어머니라고 한다. 이는 어머니 사랑의 위대함을 나타내는 것이리라.

지금 내 기억 속에 남은 어머니의 모습은 사랑, 바로 그것이다.

자애와 헌신으로 가득 찬 내 어머니의 한평생. 돌아보면 목이 메인다.

미련한 아들은 그 아비의 근심이 되고 그 어미의 고통이 된다는 잠언의 말씀이 나의 불효를 실증하듯 오늘 따라 마음에 꽂힌다.

자식을 사랑한 성경 속의 하갈과 리스바, 모세의 어머니, 사무엘의 어머니, 솔로몬 앞에서 자식을 생으로 찢길 뻔했던 어머니, 그리고 영원한 어머니상 성모 마리아….

세상에 귀감이 되는 숱한 모성들을 떠올리며 문득 지난날을 되돌아본다.

내가 태어났을 때 어머니는 마흔 하나, 나의 뇌리에 남은 어머니는 젊고 아름다운 여인의 모습이 아닌 삶의 고락을 다 겪어낸 푸근한 중년 부인의 풍모로 다가온다.

언제나 사람 대접하기를 좋아하셔서서 명절 때나 무슨 이름 있는 날은 물론, 아버님 생신날에는 별나게 큰 동네잔치를 치르곤 하였다. 이십 리나 떨어진 공주에서 새벽장을 보아 싱싱한 해물과 육류 등의 요리를 정성들여 준비하셨다. 더운 여름날에 태어난 아버님의 생신잔치는 어머니의 잰걸음을 더욱 바쁘게 했다. 냉장고의 혜택을 받을 수 없던 시절이라 그날로 모든 준비를 끝내야 했기 때문이다. 이렇듯 탁월한 음식 맛과 후덕한 성품을 지닌 어머니에 대한 동네 어른들의 치사는 어린 나를 흐뭇하게 했다.

어느 해인가 잔치가 벌어진 날, 세 살 위인 오빠랑 동네 아이들과 이웃 려 앞 냇가에서 고기잡이를 했다. 냇물에 잠긴

수초 밑에 고기들이 모여 산다. 나뭇가지들을 차례로 밟아 가면 고기들이 수초 밖으로 나오고, 그 때 얼른 얼개미로 고기들을 떠낸다. 그러다가 한 번은 흐르는 물에 새 꽃고무신 한 짝이 벗겨져 떠내려갔다.

오빠가 그것을 잡으려고 필사의 경주를 하였지만 꽃고무신은 아랑곳하지 않고 야속히 떠내려갔다. 고작 열 살 정도의 오빠가 붙들기란 불가능한 일이었다. 떠내려가는 꽃고무신에 대한 안타까움에 가슴은 콩당대었고, 끝내는 잊어버린 꽃고무신에 대한 아쉬움으로 울음을 터뜨리고 말았다.

그 시절 보통 아이들은 검정고무신을 신었지만 유독 막내인 나에겐 귀한 꽃고무신을 사 주시던 어머니셨다.

쓸모 없어진 한 짝의 꽃고무신을 가슴에 안고 세상이 무너져 내리는 듯, 걱정과 두려움 속에 어머니 앞으로 다가섰다. 숙인 고개를 세워주시고 다음부터는 조심하라는 타이름과 함께 손에 과자를 쥐어 주시며 지으시던 미소는 지금도 나의 눈시울을 적신다.

막내이기 때문에 꾸지람보다는 사랑과 귀여움 속에 자랐으나, 버릇없는 아이가 되지 않도록 가끔 엄한 꾸중을 내리기도 하셨으나, 타이름 끝에는 항시 사탕을 주며 달래 주셨다.

어느 날 큰 잘못을 저지르고 겁이 나 장롱 뒤 틈새로 들어가 숨었다. 한참을 있다 잠이 들어 버렸다. 그러다 깨어 보니 캄캄한 밤이었다. 순간 무서움에 왈칵 울음이 터졌다. 울음소리에 나를 찾아낸 식구들의 표정이란….

십 남매 중 막내인 나는 울보라는 별명이 붙을 만큼 눈물이 헤펐다. 잠든 나를 찾기 위해 식구들은 동네를 종일 헤매다 돌아온 것이다. 어머니는 아무 말 없이 꼭 안아 주셨지만 두 팔은 가볍게 떨리고 있었다.

그런 어머니의 갑작스런 운명―.

숨이 막혀 눈물조차 흐르지 않았던 멍한 순간이 지나고서 야 복받치는 슬픔과 더불어 통곡이 쏟아졌다. 어머님 영전 앞에서 온 밤을 새울 때, 영정은 나만을 바라보는 듯했다. 그리고 수많은 말씀을 하시는 듯도 했다.

자식이 철이 들어 효도를 하려고 해도 부모는 이미 기다 려 주지 않는다는 옛말이 진리임을 이처럼 늦게야 깨우쳤다. 유난스런 사랑을 받으며 자란 나는 내내 부모님의 애를 태 우기만 하던 딸이었다. 그토록 보고 싶어 하셨지만 자주 찾 아뵙지를 못했다. 주부 그리고 직장에 나간다는 구실로 불효 를 변명한 것은 아니었을까.

그리운 어머니…. 갑자기 시야가 흐려지고 무겁게 가슴이 눌려 온다.

이런 아픔과 그리움이 나만의 것은 아니겠지만 막내로 어머님의 사랑을 독점했던 나에게는 절실하지 않을 수 없었다.

우리 내외가 어쩌다 찾아 뵐 때면 백년지객인 사위에게 언제나 교자상 가득 별식을 차려 권하시며 손자들의 조막손엔 사탕 값을 잊지 않으셨고, 철부지 딸에겐 시어머님 공경을 지극히 하라는 말씀도 빼놓지 않으시던 어머니. 잦은 친정 나들이 시부모님 근심 끼칠라 삼가라고 마음을 감추시던 어머니. 친정어머니는 괜찮으니 시댁식구들과 우애 있게 지내는 일에 힘쓰라는 당부 말씀을 하실 때마다 어머님의 지엄한 모습에선 한국 여인의 인고의 아름다움을 읽을 수 있었다. 일평생 자식들 앞에서, 발가락 하나 맨살을 보이지 않고 머리카락 한 올 흐트러지지 않으시던 어머니.

나는 어머님 영전에서 절망의 나락으로 떨어지고 말았다.

그날은 유난히도 눈이 두텁게 내려쌓여, 온 누리는 미동도 하지 않았다.

오열하는 십 남매는 황톳빛 떼가 덮인 어머님 무덤을 뒤로 한 채 생활의 터전으로 돌아올 수밖에 없었다. 삶이란 이토록 냉엄하고 잔인한 것인가. 그토록 진한 천륜의 정도 죽음에는 동행할 수가 없다.

언젠가는 우리 또한 자녀들의 슬픈 배웅을 받으며 가야 하는 것이 인생일 텐데, 왜 이토록 가슴이 아플까. 결국 자식이란 부모 은공의 만 분의 일도 갚지 못하고 마는 존재인

가 싶다. 부모님 떠나신 후에야 비로소 가슴 저미는 회한에
몸을 떠는 어리석음. 이제 부모님의 사랑을 갚을 수 있는 길
은 자식에게 사랑을 대신하여 베풂으로써 보답하는 길뿐이
란 생각이 든다.

창가의 목련꽃을 바라보며 유난히 목련을 좋아하시던 어
머니의 모습을 그리고 있다.

환한 목련 송이가 날개를 단 듯 살포시 떨어진다.

저 목련처럼 일 년에 단 한번씩만이라도 어머니를 뵐 수
있다면.

(「藝術世界」 제112호, 한국예술문화단체총연합회, 2000. 1.)

맥스 데스포(Max Desfor) 할아버지

맥스 데스포, 그는 6·25전쟁 당시 종군기자로 끊어진 대동강 철교 사진을 찍어 언론인의 노벨상이라고도 하는 퓰리처상을 받은 미국의 언론인이다.

우리나라에서 주최한 「퓰리처상 수상작 작품 전시회」에 초청을 받아 온 맥스 데스포 부부와 우리 부부는 1999년 1월 23일 서울 강남의 어느 호텔 중국 식당에서 저녁을 함께 했다. 그들과 우리는 오랜 친분을 가지고 있으며 한국과 미국을 오갈 때마다 서로를 찾아보는 사이이기도 하다. 그래서 나이 차이에도 불구하고 미국 사람들이 친근한 사람들끼리 부르는 식으로 그저 "맥스" 하고 퍼스트 네임으로 부르기도 한다.

식사가 나왔을 때, 맥스는 여러 번 한국에 와 보았기 때문에 젓가락도 잘 사용할 수 있고 매운 음식도 먹을 줄 알았지만, 셜리(Shirley) 부인은 한국 방문이 처음이라 모든 것이 새로울 뿐이었다. 매운 것도 먹지 못했고 젓가락도 사용할 줄 몰라 몹시 애를 먹었다. 이를 안타깝게 여긴 내가 그녀를 위해 웨이터에게 젓가락 대신 포크를 청하려고 했으나 그녀는 굳이 이를 사양하고 그 사용법을 익히기 위해 노력하는 모습이 보기 좋았다. 몇 년 전 맥스 데스포는 교통사고로 온화하고 정이 많았던 첫 부인을 잃고 나서, 현재의 부인과 재혼한 후 한국을 처음 방문한 것이다.

그가 퓰리처상을 수상한 작품은 6·25 당시 폭격으로 끊어진 대동강 철교에 자유를 찾아 남으로 가려는 수많은 사람들이 까맣게 매달려 있는 사진이지만, 내 인상에 더욱 깊이 남아 있는 그의 사진은 눈 속에 손만이 솟아 나와 있는 죽은 병사의 사진이다.

그와 우리 부부의 친분은 오랜 세월이었다. 때문에 우리들은 지난날의 이야기와 함께 위의 사진 이야기를 나눌 때 그의 부인도 그 손을 찍은 작품이 바로 퓰리처상을 받아야 했을 작품이라고 했다.

처음 한국을 방문한 부인에게 소감을 물으니, 호텔은 미국과 다름이 없고 서울 시내도 다른 나라 대도시와 특별히 다른 것이 없었지만, 그들이 오직 할 수 있는 유일한 한국말인 "고맙습니다"라고 했을 때, 한국 사람 누구나 무척 반가워하는 친근함이 흥미로웠다고 했다.

이제 그는 현직에서 떠나 연금을 받으며 생활하는 원로 언론인이다. 요즘은 손자들의 사진을 찍어주며 소일하는 것이 낙이라고 한다. 그날의 그의 모습은 평생을 살벌하고 피비린내 나는 전장의 곳곳을 넘나들면서 종군기자로서, 사진기자로서 살아왔지만 85세 나이답지 않은 건강하고 소년처럼 순수하다.

내가 한국에도 어른들 말씀에 '손자 손녀가 자신들의 자녀들보다 훨씬 더 사랑스럽다'고 하는데, 지금의 당신들의 생활이 얼마나 행복한지 짐작이 간다고 했다. 그러자 그는 활짝 웃으며 말하는 것이었다. "맞다!!" 자기 자식들은 자신들에게 책임이 있기 때문에 아무리 힘이 들어도 잘 돌보지 않으면 안 된다는 강박관념이 들어 그들의 사랑스러움 자체를 느끼기보다 부담감이 앞서지만, 손자 손녀는 자신들의 직접적인 책임 하의 대상이 아니니 그들로부터 자유로울 수 있어 순수하게 그들의 사랑스러움을 느낄 수 있기 때문이라고 풀이했다. 이는 무엇이든 논리적으로 사고하고 실리적으로 생활을 전개하는 그들 사고의 일면을 보여주는 것이 아닌가 한다.

신문에 게재된 그가 퓰리처상을 받았던 대동강 철교 사진을 감회어린 표정으로 내게 설명하고 있을 때, 난 이 백발의 서양 할아버지의 이슬 맺힌 눈빛을 보며 가슴 뭉클하게 움직이는 무엇인가를 느꼈다. 이는 그가 여느 할아버지가 아닌 바로 우리 역사의 산 중인인 것이다.

내가 이런 감회를 말하자 그의 부인도 공감하며 이런 말을 했다. 일본에 들렀을 때는 가는 데마다 많은 사람들이 그를 알아보고 인사를 건네더라는 것이다. 그런데 한국에서는 6·25 종군기자였고 그때의 사진으로 해서 퓰리처상까지 받아 여러 차례 신문에 보도되었음에도 정작 알아보는 사람이 드물더라는 것이다.

한번 만나면 상대방의 이름을 반드시 기억하는 미국인들에게는 조금은 섭섭했을지도 모를 일이다. 신문에서나 전시장에서 많은 사람들을 만났을 텐데…. 정말 서양 사람들은 상대방의 이름을 기억하는 데는 신기에 가까운 소질을 지닌 것 같다. 선생님들도 몇 십 명의 학생들이라도 첫 시간이 지나면 그 다음 시간에는 이름을 불러준다. 그것도 아주 정확하게 말이다.

지난날 나에게는 아주 웃지 못 할 일들이 많았다. 처음 만난 분, 특히 남자 분이나 웃어른일 때는 얼굴을 똑바로 보지 못했다. 어릴 적 어른에게 인사를 드리거나 말씀을 들을 때는 시선을 45도 아래로 내리도록 유교적 관습으로 교육받았던 연유로 나는 사람들의 얼굴을 잘 기억하지 못하는 버릇이 있었다. 이런 습관으로 해서 상대방의 얼굴을 기억하지 못했던 나는 이전에 만났던 분이라도 "처음 뵙겠습니다"라고 인사를 하는 실례를 범한 적도 여러 번 있다.

십여 년이 넘는 세월을 미국에 살면서, 인사를 할 때나 건배를 할 때 상대방의 눈을 주시하는 것과 한번 본 상대방을 다시 만나면 잘 기억해 주는 것이 그들의 예의라는 사실을 새롭게 배우게 되었다.

나는 미국에서 박사과정을 공부할 때, 그 곳 교수님들이 어떻게 수많은 학생들의 이름을 그렇게 빨리 정확하게 기억하는지에 대해 관심을 갖게 되었고 또 그 방법도 익히게 되었다. 이후부터 나도 몇몇 미국 대학에서 강의를 하는 동안 학생들의 이름을 최소한 일주일 이내에 기억하게 되었고, 한국에 돌아온 후 수십 명이 넘는 강의실에서도 학생들의 이름과 얼굴을 기억하게 되었다. 가끔, 이를 아는 교수님들은 "그래서 교수님 시간에는 학생들이 그렇게 조용하군요" 하며, 본인들도 한번 시도해 보겠다고 하였지만 대부분 얼마 가지 않아 포기하고 말았다.

맥스 데스포가 나에게 흥남, 원산 그리고 대동강 철교에 대해 열심히 설명해 줄 때 나는 부끄럽지만 그에게 나는 그 곳들을 가본 적이 없노라고 했다. 그는 깜짝 놀라는 표정이었다. 왜냐하면 그는 내가 한국 사람이니까 당연히 그곳을 알고 있으리라고 생각하고 이야기를 계속했기 때문이다. 그래서 나는 그 전쟁 이후에 태어났노라고 하니 "그렇다면 나는 네가 태어나기도 전에 이 땅에 와 있었구나"라며 회상에 잠겨 있던 그의 얼굴에 잠시 떨리듯 경련이 일었다.

한국을 남달리 사랑하는 할아버지, 다시 태어나도 종군기자가 되고 싶다는 할아버지, 정치에는 관심이 없고 다만 자신은 사진 찍는 일에서 최상의 보람을 느낀다는 우리의 오랜 친구 맥스 할아버지!

식사 도중 그의 부인이 우리에게 요즘 클린턴 대통령의 탄핵에 대해 어떻게 생각하느냐고 물었다. 나는 "그의 여성 편력은 그의 사생활이므로 논의하지 않겠으나 그가 국민들과 법 앞에 거짓말을 했다면 사임을 하는 것이 마땅하지 않겠느냐"고 하니 자신들의 생각도 그렇다고 분명히 피력하는 소신을 보여 주었다. 그는 사진만큼은 거짓이 없다고 덧붙이며, 사진은 있는 그대로를 드러내는 진실이라고 말을 이었다.

그는 많은 사진을 찍지만 직접 인화는 하지 않는다고 했다. 현상점에 맡기지만 늘 까다롭단다. 그들이 잘못 이해하거나 원하는 대로 안 했을 때는 언제라도 다시 고쳐 달라고 하여 애를 먹는다고 했다. 또한 그가 찍고 또 기록했던 그 많은 기사처럼 지금도 글을 많이 쓴다고 했다. 나에게 글을 쓸 때 초고를 컴퓨터로 치느냐 또는 손으로 쓰느냐고 물었다. 나는 둘 다 사용하지만 컴퓨터 쪽을 더 선호한다고 하니, 자신은 컴퓨터 세대가 아니어서 그것들이 불편하다고 했다. 지금도 모두 손으로 쓰는 것은 물론, 이메일도 사용하지 않는다고 했다.

그 많은 세월 동안 그의 손으로 쓰여진 역사적 기록들은 얼마나 많았을까. 특히 그가 말해 주었던 것 중 6·25 당시 후퇴할 때의 이야기는 내 가슴을 울렸다. 전선의 상황이 급박해져 후퇴 명령이 내려졌지만 많은 사람들이 이 사실을 알지 못하여, 알려 주고 남은 일들을 처리하느라고 뒤늦게 후퇴를 하려는데 두 사람만이 이 사실을 모르는 지 언덕 위에 나란히 앉아 있어서 후퇴해야 한다는 사실을 알려 주려고 올라가 보니, 두 사람은 이미 얼어붙은 병사의 시체였노라고….

문득 6·25를 경험했던 어느 분의 이야기가 떠오른다. 아무리 리얼한 글이나 영화 속 명연기일지라도 직접 경험한 자가 전쟁에서 겪은 공포와 두려움 그리고 불안을 표출할 수는 없노라고 술회하던 그 순간 그의 살아 움직이던 표정들이….

그의 부인 셜리에게 명년 봄, 내가 두 번째 박사학위를 받았던 학교 행사에 참석하기 위해 워싱턴에 가게 될 것이라고 하니, 오기 전에 꼭 자신들에게 알려 줄 것을 신신 당부

했다. 그녀는 나에게 손수 음식을 만들어 대접하고 싶다고
하였다.

셜리는 회계학(Acounting)이 전공이라고 했고, 물론 그녀의
남편 맥스처럼 지금은 은퇴했다고 한다. 그녀의 자녀들은 의
사나 교수 등이었는데, 대화 중 나의 흥미를 끌었던 것은 교
수님인 아들의 이야기이다. 그는 미국 역사를 전공하고 매릴
랜드대학에서 식품학사(Food History)를 강의한다고 하는네,
이 강의는 모든 식품이 어디에서부터 어떻게 사용하게 되었
고, 언제부터 어떤 경로를 통해 발전하여 오늘날 우리의 식
탁에까지 오르게 되었는가 등의 세분된 분야를 연구하는 재
미있고 실생활에도 도움을 주는 유용한 학문이라는 것이다.

그때 갑자기 옆 좌석에서 휴대폰 소리가 울리자 맥스가
동석한 남편에게 "미스터 리 셀룰러폰(Cellular Phone) 없어
요?" 하고 물었다. 남편이 허리에 차고 있던 휴대폰을 보여
주자, 그는 손뼉을 치며 웃었다. 그는 정말 재미있는 일이라
고 했다. 한국에 와 보니 언제 어디서나 누구에게나 휴대폰
이 있는 것이 놀랍다고 했다. 전날 식당에서 어떤 사람은 3
분이 멀다하고 전화가 오거나, 걸고 있는 것을 보며 너무나
신기했다고 한다. 나는 궁색하게 문화의 차이라고 말하며,
내가 미국에 처음 갔을 때의 실수담을 이야기하며 화제를
돌렸다.

그로부터 2년 후, 한 미국대학의 졸업식에 참석하게 되어 가보니 그곳 역시 거의 모든 이들이 휴대전화로 서로의 위치를 확인하는 등, 가는 곳마다 홍수를 이루고 있는 것은 우리 사회와 별 다름이 없었다. 그러나 차이점은 공식 행사 중에는 어디에서도 벨 소리를 들을 수 없었다는 점이고 또 우리보다 늦게 대중화 되었다는 사실이다.

그 때 함께 식사를 하면서 맥스가 남긴 한마디가 지금껏 가슴에 남는다. "대동강 철교 사진에 매달려 있는 수많은 인파 중에 한 둘이라도, 그때 내가 거기에 있었노라고, 나와 준다면…."

그런 그가 오늘도 한국을 그리며, 그때 그 장면 속의 사람들을 그리며, 또 내일도 그때 그 사람들을 기다리게 될 것이다. 우리들이 친구나 이웃에게 몇 분 몇 시간이 멀다하고 휴대폰으로 안부를 묻고 의견을 교환하듯 우리들의 참혹했던 과거에 얽힌 얘기나 인물들도 가끔은 기억해야만 하지 않을까 한다.

그 사진 속의 주인공들을 기다리는 이 할아버지의 소박한 꿈이 이루어지기를 바라는 내 마음처럼 우리에게도 전쟁이 없는 평화의 날이, 서로를 반목하며 사는 불신의 사회가 사라지는 날을 기원해 본다.

(朝雲隨筆 제16집, 「꽃바위 길을 따라서」, 도서출판 정인각 2002. 3. 25)

퓰리처상 수상자 맥스 데스포 부부와 함께 한 하루
- 워싱턴 메모리얼 파크에서

지난 1999년 5월, 내가 박사학위를 받았고 한국어문학을 가르치기도 했던 조지워싱턴대학교의 행사에 참석키 위해 워싱턴에 갔을 때의 일이다.

그곳은 미국 정치의 중심 무대로서 의회민주주의를 상징하는 국회의사당과 백악관이 위치해 있고, 또 나에게는 여러 가지 추억이 어린 젊은 날의 한 기간을 살았던 곳이기도 하다.

그곳에서 우리 부부는 6·25전쟁 참전 용사로서 대동강 철교 사진을 찍어 퓰리처상을 수상한 맥스 데스포 부부와 함께 하루를 보내게 되었다.

워싱턴은 미국의 행정수도이긴 하나 뉴욕에 비해 무척 조용하고 한가롭게 느껴지는 곳이다. 어떤 이는 죽은 도시라고 표현할 정도로 득히 밤 시간은 정적이 느껴지기도 한다. 물

론 지역에 따라, 특히 도심에서는 호텔에서조차도 밤 사이
여러 차례 경찰차나 구급차의 사이렌 소리를 듣는 것도 예
사이지만 그래도 이상하리만치 깨끗하고 평화로운 편이다.

우리 부부는 맥스 부부와 한국전쟁의 참상을 얘기하며 워
싱턴에 있는 한국전쟁기념물을 돌아보기로 했다. 오랜 동안
살았던 곳이어서 새롭게 관광을 해야 할 곳은 없었지만, 메
모리얼파크 안에 세워진 한국전쟁 기념물은 내가 그곳을 떠
난 이후에 완성되었으므로 보지 못한 것이었다. 뿐만 아니라
한국전쟁 기념물이 세워져 있는 그 곳을 그때의 종군 기자
였던 맥스 부부와 함께 볼 수 있다는 것은 나에겐 참으로 가
슴 뭉클한 감동이 아닐 수 없었다.

지난날 여러 번 베트남 기념물 등을 보러 왔던 곳이지만
새로운 마음으로 그들의 안내에 따라 둘러보았다. 그곳에는
사진판으로 까만 대리석에 영상처럼 새겨진 전장사진이 벽
을 가득 메웠고 거기에는 "Freedom Is Not Free"라고 새겨
져 있었다. 자유는 거저가 아니라 누군가가 그 대가를 치렀
기 때문에 가질 수 있는 소중한 산물이라는 의미이리라. 그
때 그들의 피의 대가가 오늘날 우리에게 자유라는 소중한
선물을 남겨 준 것이 아닌가 한다. 그 앞 공원에는 수많은
진격하는 군인들의 동상들이 세워져 있다. 내 눈에 비쳐진
그들은 조각품이 아닌 진정 활물(活物)이며 실제 모습이었다.

누가 이토록 실감나게 살아 있는 생명처럼, 생명력을 불어넣었을까. 전쟁이 끝난 지 반세기가 흐른 지금에도 6·25라는 말만 들어도 전율이 오는 동족상잔의 처절한 이 슬픈 전쟁에 우리 민족은 얼마나 많은 상처와 아픔을 지금까지도 겪어왔는가. 난 가슴이 답답해져 한숨이 몰아 나왔고 눈물이 방울이 되어 떨어졌다.

그 많은 동상 중 같은 모습은 하나도 없었다. 특히 6·25 당시 우의를 입고 진격하는 모습들은 실로 실전을 방불케 한다. 진군하는 모습, 뒤의 병사를 부르는 손짓, 뒤돌아보며 무엇인가를 말하는 병사, 무전기를 걸머메고 열심히 교신하는 모습의 연락병, 마치 바람에 날리는 우비 속에 몸을 낮추고 총부리를 앞으로 겨누며 전진하는 듯한 병사의 진군 자세…. 모두가 실물처럼 정교하게 조각된, 살아 있는 6·25의 한 장면인 것이다.

6·25를 실제로 겪지 못한 나는, 학교교육을 통해, 책을 통해, 여러 사람들의 경험담 등을 들어 알고 있을 뿐 참으로 결핍된 지식만을 가졌을 따름이다. 더욱이 우리 가족이나 친지 중 어느 누구도 북에 살거나 6·25의 전사자나 부상자도 내가 아는 한은 없다. 그런데 왜 나는 흐르는 눈물을 막을 수 없는 것일까. 내 혈관 속에 한민족의 피가 흐르고, 그 흐르는 피로 해서 스며오는 동질감 때문일 것이다.

맥스 부부가 그런 나를 보고 종이 수건을 건네주며 이해한다는 눈빛을 건넸을 때 한 무리의 한국인 단체 관광객들을 만났다. 난 벌건 눈빛을 들키고 싶지 않아 맥스 부부와 기념 촬영을 하였다. 전문 사진 기자로 일생을 보내고 지금도 사진만을 사랑하는 맥스가 직접, 우리 부부의 스냅 사진을 찍어 주었다.

얼마 후 그곳을 떠나려는데 한 한국인 관광객 할머니가 날 붙들었다. "혹 한국 분이십니까?" "네" "난 혹시 했는데 내가 운이 좋네요"라며 부탁이 있으니 꼭 좀 들어 달라고 했다. 그래서 무슨 일인지 말씀해보시면 제가 할 수 있는 한 도와드리마고 했다. 그랬더니 정말 재미있고 순박한 얘기를 했다. "다름이 아니라 나는 휴전선 마을에서 사는 노인네인데 처음으로 외국 단체 여행을 왔어요. 내 평생에 한번도 외국 사람과 사진을 찍어 본 적이 없는데, 이제 미국 여행까지 왔으나 한국 사람끼리만 다니게 되어 한번도 찍을 기회가 없었어요." 하고는 맥스 부인을 가리키며 "저 미국 할머니와 사진 한 장만 찍게 해주면 소원 성취해서 돌아가겠소" 했다.

순간 나는 벅찬 감동에 또다시 눈물이 핑 돌았다. 아! 진정 이 할머니는 저 미국 노인 부부와 우리 민족의 인연을 아는 것일까. 난 그 할머니께 저 분들이 누구인지 아느냐고 여쭈어 보았다. 물론 모른다고 하셨다. 난 할머니에게 맥스 부부에 대해 짧게 설명을 하고 맥스 부인에게 동의를 구했다. 그녀는 쾌히 승낙하며 할머니와 어깨동무까지 하고 사진을 찍어 주었다.

셜리는 자신의 남편을 통해 한국인에 대한 애정과 이해를 갖고 있었다. 일은 거기서 끝나지 않았다. 내가 그들에 대해 설명하는 말을 듣고는 많은 한국관광객들이 몰려들어 함께 사진을 찍자고 했고, 끝없이 이어지는 기념 촬영 희망자들로 어쩔 줄 몰라하는 나를 도우려고 한국인 관광 안내인이 서둘러 시간이 없음을 알리고 관광객을 인솔하려 했으나 한참을 애쓰고야 그곳을 떠날 수가 있었다.

우리는 한국 기념물이 세워진 곳을 나와 베트남전쟁 기념비 쪽으로 향했다. 그곳은 여러 차례 방문한 적이 있었지만 또 한번 발길이 옮겨졌다. 전사자들 명단 아래에는 그들 가족이나 연인들이 꽃이나 편지 등을 놓아주기도 했다. 난 그곳에서 또 한번 마음 아픈 사연을 보게 되었다.

내가 그곳에 가기 전, 그날 조지워싱턴대학교 졸업식에 참석했었는데 우연히도 한 전사자의 이름 밑에는 그 학교 졸업식에서 나눠준 모든 안내책자와 학교의 로고가 붙어 있는 기념품 그리고 편지 한 통이 정연히 놓여 있었다. 그 전사자의 자녀가 이제 자라서 졸업을 하게 되었고, 모든 것을 살아 있는 사람에게 이야기를 하는 양 그 날 졸업식에서 있었던 모든 일을 낱낱이 적어 놓고 모든 기념물들을 보여 주려는 듯, 함께 놓아 둔 것이었다.

나는 그 편지를 펼쳐 읽으며 주위의 많은 외국 분들에게 부끄러운 줄도 모르고 눈물을 쏟고 있었다. 주위의 시선들도 내 모습을 보고 공감한다는 표정을 지으며 발길을 옮겼다.

한 다발의 꽃다발 속에 꽂힌 카드 한 장이 보였다.

카드의 사연인즉, 전사자의 아내가 쓴 것인데, 그녀의 남편이 전사할 당시 임신 중이었고, 유복자로 태어난 아들은 잘 자라 이제 졸업을 하게 되었다는 것이다. 아내는 그 아들에게서 남편의 모습을 보며 힘차게 살아가고 있다며 다시 만나는 날에는 이별 없이 살자고 적혀 있었다.

눈물을 그치지 못하는 안타까운 나의 모습을 본 맥스가 "우리 저기 가서 '기념'을 만들자"며 분위기를 전환시켰다.

그가 안내하는 예쁜 팔각정 같은 집에 이르러보니, 기념품은 없고 오직 컴퓨터와 화면만이 설치되어 있었다. 맥스는 컴퓨터의 키보드를 두드리기 시작했다. 거기에는 모든 전사자들의 인적 사항이 저장되어 있었고 이름을 누르자 사진과 함께 전공과 더불어 모든 기록들이 인쇄되어 나왔다. 그 옆에는 "이것은 무료로 제공되는 것이니, 꼭 필요한 분만 가져가시고 재미로 하여 버리고 가는 일이 없도록 하여 주시기 바랍니다"라는 정중한 문구가 붙어 있었다. 이는 국비의 낭

비를 없애야 할 뿐만 아니라 그 돌아가신 분들에 대한 예의
도 아니라는 뜻이리라. 준법정신이 투철한 미국인들은 너무
나도 이 규칙을 아름답게 지키고 있었다.

해질녘, 우리는 공원을 떠나 '피어원(Pier 1)'이라는 운치
있는 선창가의 바다가재 요리가 일품인 식당으로 안내되었
다.

그곳에서 식사하는 두 시간여 동안 우리는 한 편의 소설
분량은 됨직한 한국과 한국전에 관한 이야기로 바빴다. 팔십
이 넘은 노인이지만 언제 보아도 순수한 소년의 모습이다.
음식도 맛있었지만 그가 특별 주문한 와인은 눈과 입으로
향유할 수 있는 절묘한 향취로 다가왔고, 더욱이 그들 부부
가 보여준 우리에 대한 사랑과 한국과 한국민에 대한 애정
이 만족감으로 채워 주었다.

식사가 무르익을 무렵 맥스는 나에게 정말 충격적인 이야
기를 들려주겠다고 하며, 몇 달 전 한국의 르네상스 호텔에
서 우리와 함께 식사를 하며 했던 그의 이야기를 상기시켰
다. 자신이 일본에 가면 알아보는 사람이 많아 여러 가지 이
야기를 나눌 수 있는 기회가 있었는데, 한국에는 종군한 이
후에도 그렇게 여러 번 왔었지만 일반 독자들과는 이야기를
나눌 수 있는 기회가 참으로 드물어 아쉽다고 했다. 그리고
자신의 바램이 있다면 생전에 그가 찍은 대동강철교(퓰리처

상 수상작) 사진 속의 인물들을 만나보는 것이라고 했다. 끊어진 철교 위에 매달린 수많은 인파 중 누군가가 나타나 "그때 내가 그곳에 있었노라"고 할만도 해서 한국에 올 때면 늘 기대와 기다림을 갖고 있었노라고 했다. 그런데 날 만나기 하루 전 그는 인터넷을 통해 그의 주소를 찾아 전화를 해준 한 한국인 노인과 통화했다고 하였다. 맥스는 이 이야기를 나에게 가장 먼저 해 주고 싶었다고 하며 흥분을 감추지 못했다. 내용은 그 노인이 전화를 해서 대동강 철교 사진 속에 자신의 아버지가 계셨다고 말해 주었다는 것이다. 그의 아버지는 94세로 현재 서울에 살고 계시며 그는 60이 넘은 노인으로 정년퇴직을 하고 뉴욕주의 메릴랜드에 살고 있다고 했다.

맥스는 나에게 그 노인의 전화번호를 주며 그와 그의 아버지를 만나 인터뷰를 해서 보내 줄 것을 부탁했다. 나는 물론 즉석에서 응낙을 했고, 서울로 돌아온 후 그의 아버지를 돌보는 여인과 우선 전화통화를 했다.

그녀에게서 들은 그 노인의 일생은 훗날 소설로 정리해 보고 싶다는 생각을 하게 했다. 이제 6·25를 겪은 세대는 물론이고, 그 세대들로부터 직접 교육을 받으며 자랐던 우리 세대들조차도 점점 세월 속으로 사라져 가고 있기 때문이다.

우리에게는 이렇듯 퇴색되어 가는 이야기들을 발굴·정

리하여 자라나는 세대들에게 알리고, 이를 통해 잘못된 역사를 답보하지 않고, 한(恨)보다는 진취적이고 희망적인 미래를 펼쳐 갈 수 있도록 선인들의 지혜를 일러 주어야 할 것이다.

94세 노인의 인생은 참으로 우리 민족의 역사를 말해 주는 듯 했다. 그는 지금 불구인 딸과 함께 시무하는 교회에서 거처하며 보살핌을 받고 살아가고 있다고 했다. 건강도 좋지 않고 청력도 듣기 어려울 정도이다. 그러나 본인의 힘이 허락하는 한 모든 것을 자신의 힘으로 살아가려 애쓰며, 혼자서 생활할 수 없는 딸까지 돌본다고 한다. 장로로서 교회에 봉사하는 그는 이제 교회의 도움으로 한 집사님의 보살핌을 받으며 살아가고 있다고 했다.

역사의 산 증인, 이들의 그림자를 놓치기 전 더욱 열심히 그들로부터 살아있는 역사적 사실과 교훈을 얻고 싶다.

맥스 부부는 서로 서울이나 미국에서 다시 만날 것을 약속하고 우리를 호텔까지 배웅해 주었다. 그리고도 그들은 한참동안이나 더 호텔 주위에서 이야기를 나누며 머물렀고 떠나기를 아쉬워했다. 그들의 한국 사랑은 각별한 것이다. 우리나라가 처절한 상황에 처해 있을 당시 그도 목숨을 걸고 종군했던 어쩌면 혈연으로 맺어진 인연과도 같은 것이었다. 그래서 그는 한국을 그리워하고 자주 방문하는 일을 즐거워하는 것이다.

그의 가슴에 각인된 한국 전쟁의 참상이 이제는 깨끗이 치유되고 아름다운 우정으로 새롭게 새겨지기를 기원해 보며, 그들의 바램처럼 우리의 땅에 영원한 평화와 풍요의 삶이 이루어지기를 소망해 본다.

(朝雲隨筆 제16집, 「꽃바위 길을 따라서」, 도서출판 정인각, 2002. 3. 25)

6·25와 맥스 그리고 안 장로님

― 맥스의 대동강 철교 사진 속 주인공 안 장로님

6·25가 우리에게 주는 의미는 어떤 것일까. 새 천년을 맞는 2000년 6·25행사는 조용히 치러졌다.

그러나 6월 26일 5시 KBS TV에서 흘러나오는 미국 클린턴 대통령의 발표문이 내 관심을 모았다. 미국에서는 2000년부터 7월 27일을 한국전 참전기념일로 정하고 성조기도 반 조기로 게양할 것을 발표하는 내용이었다.

또한 한국전 당시 참전 용사였던 벨기에인 마르셀 나이텐스 노인이 임종을 앞두고 그가 종군했던 장소인 철원 부근의 고아원에 성금을 기탁했다는 아름다운 기사를 접하게 되었다. 스물두 살의 젊은 나이에 타국의 전쟁터에서 보냈던 인연의 끈이 그의 임종을 앞두고 당겨졌던 모양이다. 국경을 넘어선 인간애를 느끼게 한다.

Freedom Is Not Free! 자유는 그냥 주어지는 것이 아니라 스스로 쟁취하는 것이라는 말과 일맥상통하는 의미이리라. 오늘 따라 미국 워싱턴에 있는 메모리얼파크 안의 기념물에 새겨져 있던 이 글귀가 떠오르는 것은 어인 일일까.

때로 이와 같이 스쳐 가는 놓칠 수 없는 영상들이 나로 하여금 글을 쓰게 한다. 이는 다름 아닌 이틀 전 한 노인과의 인터뷰를 했던 일이다. 6·25 종군기자인 맥스 데스포가 퓰리처상을 받았던 작품인 끊어진 대동강철교 사진 속의 인물 중 한사람이 자신의 아버지라고 제보를 주었다며 맥스가 나에게 인터뷰를 부탁했던 바로 안 장로님 이야기이다.

나는 6·25 이후의 세대이다. 그리하여 전쟁에 대한 지식은 오직 부모님이나 이전 세대들의 증언, 책, 학교 또는 사회에서의 교육이 전부이다. 그렇지만 난 그때의 이야기를 들을 때마다 가슴 저며 오는 아픔을 느끼게 되었고 또 언젠가는 그것을 글로 쓰고 싶다는 충동을 느끼곤 했다.

항시 바쁘다는 핑계로 미루어 왔던 인터뷰를 위해 6·25 행사 하루 전 성남에 있는 안 장로님 댁을 찾아가게 되었다.

처음에는 아드님한테서 연락을 받았으나 사실 자신은 그때 대동강 철교를 건넌 적이 없어 할 말이 없다며 극구 사양했다. 뿐만 아니라 내일 어느 언론사에서도 취재를 오겠다고 하여 거절을 했으나 그래도 오겠다고 하여 이만저만 곤란한 일이 아니라고 덧붙이기까지 했다. 순간 난 그 노인이 당시 그 현장에 있었던 인물이 아니라는 말에 당황도 했으나, 그 노인을 보는 순간 난 자연인인 안 장로님 자신에 대해 그려 보고 싶다는 충동이 일어났고 그로 하여금 순수한 6 · 25 얘 기를 들려주십사고 다시 한번 간청을 드렸다.

그러자 95세인 그 어른은 옷까지 단정히 갈아입고 인터뷰 에 임하는 에이를 보여 주었다. 긴긴 시간 이야기를 나누는 동안 어른은 마음을 여셨고 더 머물다 저녁까지 먹고 가기 를 청하셨다.

어른께서는 살기가 어려워 남하하기로 결심하였으나 그 때 그의 부인은 막내 아드님을 출산한 직후여서 함께 오지 못했다고 한다. 다른 세 아드님하고만 우선 남하하였다가 다 시 와서 데리고 갈 계획으로 집을 떠났다고 했다. 그러나 도 중에 사정이 생겨 아드님들과 남쪽 어느 지점에서 만날 것 을 약속하고 서로 다른 길로 내려 가기로 하고 헤어졌다. 피 난민들 사이에 섞여 가던 중 모란봉 부근의 한 다리가 포화 로 끊어져 있어 하는 수 없이 마침 가지고 있던 면장갑에 물 을 적셔 끼고는 다리 난간을 잡고 간신히 건넜다고 했다.

그 후 사리원에서, 드럼통 두 개를 묶어 어렵사리 강을 건 너와, 헤어졌던 세 아드님들과도 모두 만나게 되었다고 했 다. 그러나 그 때 건넜던 그 다리는 맥스 데스포가 찍은 대 동강 철교가 아닌 상류에 위치한 다른 작은 다리였다고 증

언하여 주었다. 그렇지만 그 아드님은 그 때 자신의 아버지가 끊어진 다리를 건넜다는 말씀만을 듣고 대동강철교로 오인한 것이라고 어른은 바로잡아 주었다. 그러나 그것이 대동강철교였든 다른 다리였든 상황은 마찬가지였으리라 여겨진다. 중요한 것은 끊어진 철교처럼 그들 모두는 아직도 사선을 넘어 겪고 있는 이별의 아픔과 고통에서 벗어나지 못하고 사랑하는 가족들과 만날 수 없는 동질의 슬픔을 지니고 산다는 점에서 어쩌면 같은 주인공들일 것이다.

지금은 그 아드님들이 모두 장성하여 미국에 살고 있으나 본인은 그 때 두고 온 부인과 막내아들을 다시 만날 것을 고대하며, 그들에 대한 그리움 때문에 이 땅을 떠날 수가 없어서 이곳에 홀로 살고 있다고 했다. 곧 다시 돌아가 함께 데리고 오려고 했던 처자를 기약 없이 기다리다가 이곳에서 다른 부인을 만나 살았다고 한다. 그러나 그 분도 세상을 먼저 떠나고, 그 부인과의 사이에 남겨진 정신박약인 딸을 여지껏 돌보았다. 이제는 장로님도 노구의 몸으로 감당할 수가 없어 얼마 전 그 딸을 사회복지 시설로 보내고 지금은 자신이 다니고 있는 교회 집사님의 돌봄을 받으며 생활하고 계신다.

이렇게 연세도 많고 힘드신 데 미국의 아드님들과 함께 사시면 좋지 않겠느냐는 주위 사람들의 권고에도 아랑곳없이 자신의 일을 스스로 하며 애써 품위를 지키며 사시는 모습이 안타깝다고 주위 분들은 이야기했다. 그래서 나는 노년에 자식들이 그립지 않느냐고 여쭈니 왜 그립지 않겠느냐고 하시며 이런 말을 이었다. 자신이 북에 두고 온 처자를 만나, 그간에 겪은 모든 시련과 고통의 세월을 조금이라도 위로하고 어루만져 주는 것이 자신이 살아 있을 동안 해야 할 마지막 일이라고….

얼마 후 다시 만날 것을 약속하고 떠난 길이 50년을 넘어선 이별이 된 것이다. 동족상잔의 전쟁이 가져온 이 엄청난 비극의 참혹함은 누구의 필설로도 다 표현할 수 없으리라. 오직 겪은 이들의 마음속에 각인된 피멍든 상흔만이 이를 입증해 줄 것이다.

누구에 의해서 어떤 목적으로 일어난 전쟁이었든 간에 혈육들은 하루속히 만날 수 있어야 할 것이다. 이들의 나이 이제 저녁노을을 지나고 있기 때문이다. 어떠한 이념도 인류을 넘어서지는 못하리라. 어찌 부모 형제가, 아내와 남편이 먼 곳도 아닌 같은 시간대의 거리에서, 애틋한 그리움으로 때로는 영원한 이별의 절규로 사라져야만 하는지. 난 이 노인의 눈빛 속에서 젖어오는 수많은 이야기를 읽을 수 있었다.

노인께서는 전쟁 후 연탄공장 배달원에서 부터 안 해 본 것이 없을 정도로 온갖 고생을 하였다고 했다. 너무도 살기 어려웠던 시절, 자신에게 교회는 사랑과 소망을 주었고 그 때부터 시작한 신앙생활이 오늘날 장로의 직분을 맡게 되었노라고 했다. 그런 와중에도 자녀들이 공부도 잘하고 열심히 잘 살아주어서 감사하다고 했다. 하지만 북에 두고 온 처자를 만나리라는 소망을 잃지 않고 있음이 행복할 뿐만 아니라 아직도 생전에 만날 것이라는 기대를 져 버린 적이 없다고 했다.

요즘 노인은 남북이산가족 상봉을 신청해 놓고 연락 올 날만을 기다리며 하루하루를 보낸다고 했다. 그렇다. 이들의 기다림은 어쩌면 모든 우리 민족의 기다림인지도 모른다.

맥스 할아버지가 부탁한 인터뷰와는 거리가 있었지만 난 우리 민족의 입장에서 6·25를 꼭 집어보고 싶었기에 실망하지 않았다. 이 노인의 모습을 바라보며, 다시는 이 같은 비극의 역사가 되풀이되어선 안 될 것이며 어떤 이유에서건 가족들의 만남은 반드시 이루어져야 할 것이란 생각이 들었다.

기다림은 참으로 길고 힘든 것이다. 그러나 그것이 이루어졌을 때의 기쁨은 얼마나 클 것인가. 이렇듯 벅찬 기쁨과 보람의 날이 하루속히 우리 민족 앞에 다가오기를 소망해 본다.

(朝雲隨筆 제16집, 「꽃바위 길을 따라서」, 도서출판 정인각, 2002. 3. 25)

3부

메밀꽃 필 무렵의 효석 마을

안동 하회 마을을 찾아서 | 메밀꽃 필 무렵의 효석 마을

키 웨스트, 헤밍웨이의 집을 찾아서

몽고메리의 고향, 프린스 에드워드 아일랜드

안동 하회 마을을 찾아서

가을걷이가 시작될 무렵 안동에 볼일이 있어 갔던 길에 안동축제가 열리고 있는 하회 마을을 들러 보았다.

낙동강이 동그랗게 태극 모양으로 돌아 흐른다 하여 물도리동이라고도 하는 양반의 고장이며, 가장 옛 모습을 잘 보존하고 있는 곳으로 널리 알려진 하회 마을을 27년 만에 다시 방문하는 감회는 깊었다. 맑고 밝은 햇살아래 날아 갈 듯 추켜 올린 기와집의 아름다운 선이며 흙담으로 이어지던 골목길, 그 고즈넉하고 옛스런 정취를 아직도 가슴에 간직하고 있던 물도리동의 동네.

안동 시내도 대단히 커져 있었지만 하회 마을의 많은 변화는 마음을 당황하게 했다. 인적이 드물던 마을엔 축제 행사로 북적대었고 맨발로 걷고 싶도록 잘 다져져 있던 흙길 위에는 시멘트가 덮여져 있었다.

그 때는 부용대 밑 낙동강 건너 벌판에는 솔밭과 뽕밭으로 덮여 있었다. 여름에 가뭄으로 강물이 줄어 배를 띄울 수 없어 하는 수 없이 도강을 해야만 했던 우리 일행은 그 뽕밭에서 입이 까매지도록 오디로 시장기를 메웠다. 상전벽해라는 옛말이 그대로, 이제는 대부분 커다란 주차장으로 변해 있어 더욱 섭섭한 마음을 금할 수 없었다.

마을 입구에 세워진 엘리자베스 여왕 방문 기념관과 세세의 탈 전시장을 지나 마을로 들어가니, 마침 안동 축제 기간이어서 많은 국내외 관광 인파가 몰린 혼잡함 속에서도 축제 분위기는 한창 무르익고 있었다.

현지에서 하회별신굿을 감상하는 기분은 벅찼다. 뿌듯한 마음으로 공연이 끝나고 출연진들의 인사에 박수로 답례를 하던 중에 좀 아쉬운 장면이 눈에 들어 왔다. 그리도 열심히 열연을 하던 그들 중 부네(미녀)역으로 분한 출연자의 치맛자락 밑으로 예쁜 고무신 대신 요즘 유행하는 투박하고 굽 높은 운동화가 내보였다. 하회별신굿의 그 흐드러진 춤사위며 컬컬한 대사가 우리 서민들의 한을 통렬하게 풀어주는 풍자적인 익살에 매료되었던 가슴이 그 운동화를 보는 순간 꿈이 깨듯 확 깨어지는 느낌이었다. 이 작은 소품 하나가 멀리서 찾아 온 이의 마음을 허허롭게 하지는 않을까 염려되기도 했다. 봉산딜춤도 좋았고 양주별산대놀이도 좋았으나 특별히 낙동강 변에서 펼쳐진 진도다시래기는 다른 문화권의 작품을 보는 듯 별난 재미로 다가왔다. 그들의 구성진 가락도 해학적인 연기도 지나는 이들의 발길을 잡았다.

이십여 년 전 이 마을의 한 어른이 들려주었던 안동의 선유줄불놀이에 대한 이야기는 꼭 한 번 보고 싶다는 바램과 함께 27년 간 고이 내 마음에 남아 있었다.

기암절벽의 부용대 위에서 강 건너 솔밭까지 밧줄을 매고 줄마다 한지 속에 솔가루가 든 수없이 많은 줄불을 매어 달고 거기에 장대로 불을 붙이면 낙동강으로 불꽃은 비가 되어 쏟아진다고 했다. 그러면 강 위에선 배를 띄우고 그 사이사이 조롱박에 기름을 부어 불을 붙여 띄우면, 온 강 가득 어둠과 불빛의 조화로 찬란한 무릉도원이 펼쳐지고 거기에는 취흥을 돋우는 가락이 울려 퍼졌노라고 들려주었다.

그런데 당시 그 줄불을 만들 수 있는 할아버지가 오직 한 분이셨는데, 손주에게조차도 그 비법을 가르쳐 주지 않는다고 하며 줄불 하나를 선물로 주었었다. 상상만 해도 너무나 멋스런 광경, 캄캄한 밤중에 줄줄이 떠가는 환한 불꽃등, 꽃등들이 이어져 불을 밝히면 불티들이 꽃잎처럼 밤하늘을 수놓았을 그 아름다운 환상의 강가. 그 때 실제로 보지 못한 아쉬움에 더욱 동경을 했는지도 모른다. 언젠가는 이 낭만적인 불놀이를 꼭 한 번 볼 수 있기를 바랐었다.

부용대를 향하여 그날 저녁 있을 줄불놀이를 상상하며 발을 옮겼으나 대부분 주차장으로 변한 뽕밭이나 매어 놓은 밧줄들이 이전에 들은 것들과는 조금은 다른 모습이었다. 게다가 사정이 생겨 이번에도 보지 못하고 날이 저물기 전에 그곳을 떠나야만 했다. 실은 이번에 가장 보고 싶었던 것 중의 하나가 이 줄불놀이였는데 또다시 미련만을 갖도록 기회는 부여되지 않았다. 이는 어쩌면 상상 속의 아름다움을 너 오래 간직하라는 의미인지도 모른다고 스스로를 위로하며 마을로 향했다.

마을을 돌아보며 너무도 많이 변한 모습에 공연히 가슴이 아려오는 듯했다. 그때 머물렀던 충효당이나 영모각 등은 여전히 감회와 지난날의 추억을 불러 주었다. 마을을 돌아보면서 진정 이곳을 위해 이런 변화가 필요했던 것일까 반문해 보기도 했다. 그토록 고색창연하던 일부 고가들에는 민박, 동동주, 빈대떡, 전통차 또는 하회탈과 같은 기념품 등의 글자들이 낯설게 나붙어 있었다. 온 마을이 여느 어촌의 휴양지나 관광지와 다를 바 없는 마을로 변해가고 있는 듯했다. 외국인이나 먼 길손들이 이런 것을 기대하고 오는 것은 아닐거라는 생각이 든다.

왜 명소로 알려지면 먹거리 촌으로 변하는 것일까. 전란으로 피폐했던 가난 때문에서일까. 난 어디를 가나 사람들이 모이는 곳이면 먹는 곳이 즐비하게 세워지는 것을 보며 씁쓸해 할 때가 많다. 물론 이런 것들이 있어선 안 된다는 의미는 아니다. 지나친 근시안적 발상만으로 추진하지 말고 면밀한 검토를 거쳐 적재적소에 두어야 한다는 것이다. 제대로 기획하여 조화롭게 구성을 한다면 옛 정취를 살릴 수 있지 않을까.

유적지는 옛 모습대로 보존하면서 마을 외곽에 숙박 시설이나 기념품점 등을 두고, 거기에 다양한 테마로 기획상품들을 준비하여 판매하고, 마을에 들어 올 때는 운영비를 위해 합리적인 입장료를 받아 지역사회를 위해 활용한다면 얼마나 좋을까를 생각하면서 그리도 다시 와 보고 싶었던 하회마을을 떠났다.

이러한 변화를 보며 미국 동북부 메사추세스의 콜럼버스가 처음으로 발을 디뎠다는 바위가 있는 곳에 위치한 민속마을인 플리머스 빌리지(Plymouth Village)에 갔을 때의 생각이 떠올랐다. 영국에서 건너온 필그림들이 세운 최초의 마을로 그들이 살던 초기의 가옥들과 그 속에 살고 있는 사람들조차도 그때의 그 모습대로 옷도 입고, 손으로는 당시의 농기구들로 농사를 짓고, 그때의 생활을 재현하며 살고 있었다.

물론 농민들이 농업을 떠나 상업화될 수밖에 없었던 농심도 이해 못할 바는 아니나 왠지 서운한 마음이 더 크게 가슴을 차지하는 것 같았다. 그러다 문득 낙동강변 야외 공연장에서 구성지게 울려 퍼지던 엿장수들의 각설이타령을 떠올리며 우리 가락의 흥겨움과 우리 고가(古家)의 정겨움을 마음에 새기면서 멀리 지는 해를 바라보았다.

해질녘 논둑길을 걸어 나오며 27년 전 하회마을의 고색창연하던 정취와 풍성했던 더운 인심을 풀리지 않도록 가슴에 꼭꼭 싸안으며 아쉬운 발걸음을 옮길 때, 지는 저녁 해가 내 마음을 알고 있는 듯 붉게붉게 물들고 있었다.

(朝雲隨筆 제16집, 「꽃바위 길을 따라서」, 도서출판 정인각, 2002. 3. 25)

메밀꽃 필 무렵의 효석 마을

산 정상에서부터 계곡을 따라 수채화처럼 물들어 오는 단풍을 바라보며 백옥포리 작은 쉼터에서, 달빛 가득한 어느 여름밤, 물방아 터에서 보았던 안개처럼 아롱지던 메밀꽃 물결을 떠올린다. 우리의 이층 발코니는 흡사 가을 산을 옮겨 놓은 듯 나무들이 아름다운 숲을 이뤄 나를 행복케 한다. 이들은 봄이면 새 생명을 터뜨려 희망을 주고 여름이면 짙푸른 녹음으로 미래를 열어주며 가을이면 풍성한 단풍으로 가슴을 설레게 하고 겨울이 되면 나목이 되어 연민의 정을 숫게 한다.

벽을 바라보고 있는 창가에 놓인 조그만 책상 앞에서 간간이 나무들을 바라보며 내 삶의 모습을 그려보기도 한다. 어쩌면 식물들의 생장이 인간 삶의 모습과 그리도 흡사할까. 때로는 식물도 몸살을 한다. 회복기를 지나 새롭게 움트는

이파리들은 이전보다 더욱 힘차게 살아 오른다. 이들을 바라
보다가 문득 창 너머 붉은 대궁만이 남아 스산하게 바람을
맞고 있는 메밀 숲이 시야를 가득 채워와 어느새 나의 사념
은 효석의 메밀밭으로 향한다.

　백옥포는 유서 깊은 효석마을, 봉평 옆 동네이다. 내가 이
곳에 간간이 머물 때면 많은 지인들이 들러 효석마을을 함
께 보고 싶어 한다. 난 여러 번 안내를 했고 그 때마다 남기
고 간 이야기들이 기억 속에 맴돈다.

　효석은 우리에게 친근하게 다가오는 작가 중 한 분이다.
호칭도 흔치 않게 성도 없이 이름만 효석이라고 부르는 것
이 특이하다. 가산이나 이효석보다는 왠지 우리에게는 효석
이라는 부름이 친근감을 준다. 그를 아끼고 그의 작품을 사
랑하는 많은 사람들은 그의 생가가 있는 봉평마을을 많이
찾는다. 뿐만 아니라 이 마을 곳곳에서는 메밀꽃 필 무렵의
고장이라는 표식을 찾아보기에 그리 어렵지 않다.

　이곳 강원도 평창군 봉평면의 본 마을 창동에서는 1907년
우리 문학 발전에 크게 기여한 작가의 한 사람인 효석이 태
어난다. 그로해서 봉평마을에는 문학사적 의미가 담겨지게
된다. 효석이 생장한 우경산 자락에는 생가가 남아 있다. 이
문학 디 주위로는 완만하게 밭이 펼쳐져 있어 편안함을 주

고 풍치 또한 한 시대를 풍미했던 작가의 고장으로 손색이 없어 보인다. 생가 앞으로는 전답이 이어지고 뒤편 언덕으로 는 몇 그루 밤나무가 집을 지키듯 서 있다. 사립문이 있는 집의 앞마당에는 물푸레나무와 단풍나무가 서 있고 앞마당 을 지나 왼쪽으로 돌아가면 우물이 나오는 평화로운 정경이 다. 전형적인 산촌의 반가로서 뒤편의 산자락과 앞으로 펼쳐 지는 전답의 조화가 운치 있게 잘 어우러지는 평화로운 농 촌풍광이다. 이곳에서 효석은 7세에 이를 때까지 절기마다 변화하는 하늘과 구름 그리고 바람결에서 자연을 배우며 성 장하였으리라

효석은 1914년 본가에서 백여 리 밖에 있는 평창공립보통 학교로 유학의 길에 오른다. 그 때부터 효석은 평창의 하숙 집과 봉평집 사이를 우마차나 도보로 6년을 자주 오가게 된 다. 이러한 여정들이 저력으로 남아 훗날 「메밀꽃 필 무렵」 집필의 원동력이 된 것이 아닌가 한다. 작품 속 허생원의 장 길 배경이 된 곳이 바로 이 무대이기 때문이다. 그도 그럴 것이 봉평집을 나서 남안리 마을을 거쳐 봉평천을 지나면 좌편 냇가에 있는 물방앗간과 만나게 된다. 그리고 나서 봉 평천 징검다리를 건너 성황당을 지나면 봉평장터에 있는 충 주집에 이르게 된다. 이 모두는 실명으로 「메밀꽃 필 무렵」 의 배경이 되는 것들이다.

이렇듯 13년 세월은 고향산천을 무대로 생장과 학업을 계속하다가 1920년 경성제1고등보통학교에 입학하게 되면서 경성으로 간다. 이곳에서 효석은 유진오를 만나 문학에의 길을 더욱 굳히게 된다. 1925년 경성제국대학 예과에 입학하여 2년 후 법문학부 영어영문학과에 오르면서 본격적인 작품 활동에 정진하게 된다. 그러던 중 빈궁한 생활을 떨치기 위해 총독부에 직업을 구하였지만 이웃들의 눈종과 자괴심에 경성농업학교로 전직하여 1931년부터 3년을 근무하는 동안 창작에 대한 집념을 불태우며 중앙지나 문예지 등에 발표하는 것을 게을리 하지 않았다. 1934년 27세가 되던 해에는 평양에 있는 숭실전문학교로 임지를 옮긴다. 이 시기에 효석은 단편소설, 수필, 논평 또는 번역 등 다양한 창작활동을 펼쳤으며 중견작가로서 문명을 떨치게 되고 병적일 정도로 침식까지 잊으며 창작에 몰두하여 가족들의 염려를 사기도 하였다.

그는 「노령근해」 등 동반작가적 작품을 쓰기도 한다. 그 후 모더니즘 문학단체인 '구인회'에 참여하면서 「돈」이나 「들」 등 자연과의 교감을 시적인 문체로 유려하게 묘사한 작품세계를 구사하기에 이른다. 그러다가 1936년 그의 대표작 「메밀꽃 필 무렵」이 집필된다. 그 후 1941년 뇌막염으로 수술을 받았으나 1942년 5월 35세의 젊은 나이에 혼수상태의 무의식에 빠져 나날을 보내다가 25일 세상을 떠나게 된다.

효석은 21세에 등단하여 14년 간 짧은 창작생활을 하였지만 70여 편의 단편소설과 수필 다수를 남기는 등 저력을 보여주었다. 그 중에서도 「메밀꽃 필 무렵」은 1936년에 쓰였지만 그가 세상을 떠나던 1942년 「조광」지에 발표한 마지막 작품이 된다. 작품과 작가가 함께 막을 내리게 된 것이다.

효석의 삶은 길지 않았지만 1930년대 순수문학운동에 기여하기도 했던 그의 문학세계에 대한 평가는 다양하다. 일부에서는 초기 동반작가에 대한 지적을 하거나 피안의 문학이라든가 귀족적 문학이라는 비판도 있다. 그러나 그가 남긴 시적 산문체나 회화적 묘사기법 등의 우리문학사에 남긴 업적 또한 간과할 수 없는 것이 아닌가 한다. 「문장」지에서는 효석의 「메밀꽃 필 무렵」을 조선 언어예술이 도달할 수 있는 한 정점이라고 극찬하기도 했다.

이처럼 산문인 소설을 시의 경지에까지 끌어올린 시정이 넘치는 작품으로 평가되기도 하고 문장의 아름다움이 빼어난 작품으로 알려진 장점도 있겠지만, 그의 "산허리는 온통 메밀밭이어서 피기 시작한 꽃이 소금을 뿌린 듯이 흐뭇한 달빛에 숨이 막힐 지경이다. 붉은 대궁이 향기같이 애잔하고 나귀들의 걸음도 시원하다"와 같은 그림을 펼쳐 놓은 듯한 묘사는 봉평을 명실상부한 문학마을로 만들기에 충분하다. 이로 해서 이 고장을 찾는 길손들이 많아지고 그들은 이곳에서 효석의 숨결을 또는 그의 자취를 만나려 한다.

우선 이 마을에 와서 만나는 것은 봉평 시내 곳곳에 메밀꽃 필 무렵의 고장 무엇 무엇이라거나 혹은 음식점들의 이름에서 이곳이 효석 마을임을 감지하게 된다. 대부분의 사람들은 서둘러 소설 속의 장소인 충주집 터를 시나 물레방앗간을 찾아간다. 그리곤 어디에 소금을 뿌린 듯한 메밀꽃이 있는지를 살핀다. 그러나 늘 메밀꽃이 있는 것은 아니다. 계절에 따라 있을 때도, 없을 때도 있기 때문이다. 그러기에 꽃이 피었을 때 방문한 사람들은 그것만으로도 보람을 삼기도 한다. 그리고 물방앗간을 들여다보고는 허생원이 목욕하려던 냇가를 찾아본다. 그러나 그곳에서 개울가는 멀리 떨어져 있다. 그래서 봉평의 어느 교육자께선 이런 논리를 펴기도 했다.

그가 봉평에 살면서 효석에 대한 자료를 애써 모았으나 아쉽게도 너무도 빈약하여 섭섭함만 남게 되었다. 이왕에 작품의 배경지를 만들려면 조금만 더 세세하게 신경을 썼으면 좋았을 것이라고 했다. 작품 속의 허생원이 냇가에 목욕을 하려면 그가 옷을 벗었던 물방앗간에서 그곳까지는 한참을 가야 하는데, 시기로 보아 그 때 이곳은 몹시 추운 시기라고 했다. 이 지방은 해발이 높은 지역이어서 여름철에도 밤에는 이불을 덮고 자야 하는 지역성 때문이라는 것이다. 뿐만 아니라 작품에서도 효석은 "금방 땀을 흘린 뒤였으나 밤물은 뼈를 찔렀다"라고 묘사하고 있다. 역시 허생원이 성서방네 처녀를 만난 메밀꽃이 만발한 시기이면 냇물에 목욕하기에도 추운 날씨인데 그렇게 멀리까지 가서 옷을 벗고 냇물까지 다시 올 필요가 있었겠는가라고 하며, 방앗간을 좀더 냇물 가까운 곳에 만들었으면 좋았지 않았겠느냐며 아쉬움을 표했다.

양철지붕에 유리 장지문이 달린 생가는 늘 조용하고, 때로는 마당의 커다란 나무에 개가 매어져 있기도 했다. 또 그 나무 둥지에는 양철판이 걸쳐져 있고 마당에는 효석의 생가를 알리려는 듯 가끔은 탁자 위에 방명록만이 놓여있을 뿐 안내인은 없었다.

마당에 들어섰을 때 화단에 있는 표징을 보고 있던 한 여인네가 1920~30년대의 집이라면 이런 모습이었으리라고 공감은 되지만 대부분은 소홀한 관리로 옛 자취를 찾아 볼 수 없는 것 같다며 아쉬운 듯 되살펴보곤 나갔다. 그러나 내겐 아직도 향토성을 잘 살려 보존한다면 충분히 훌륭한 유적지로 만들 수 있을 거라는 생각이 스쳤다. 하지만 당시 옆에는 식당이고 생가의 유리문에조차도 음식 이름들이 적혀 있어 안타까웠다. 오직 구석진 화단가를 외롭게 지키던 상사화의 애절한 기다림만이 효석을 기리는 듯 했다.

언젠가 십여 명의 우리 일행은 모두 오랜 동안 해외생활을 했던 분들이었고 우리문화에 대해서도 특별히 관심이 많은 분들이었다. 그중 영국에서 사셨던 몇 분들은 셰익스피어의 집과 비교하며 마음 아파했다. 누구나 외국에서 작가나 작곡가들의 집을 방문해 본 적이 있는 사람이면 이해가 될 것으로 본다.

독일 프랑크푸르트에 있는 괴테의 집은 규모도 규모이려니와 그 내부 하나 하나에서는 괴테의 숨결이 묻어 날듯 그가 살아 왔던 잔재들이 그대로 잘 보존되어 있는 것을 볼 수 있다. 부엌의 조리 용구나 그의 서재에 남아 있는 장서들, 그가 쓰던 펜대 하나에 이르기까지 금시라도 주인의 온기가 전해질 듯하다.

독일 본에 있는 베토벤의 집도 그곳을 보존하려는 애호가들의 정성에 감동하지 않을 수 없다. 베토벤은 가난해서 한 켠에서 세를 살았다지만 지금은 주인집이었던 건물까지도 모두 기념관으로 확보하여 보존하고 있다. 언젠가 「베토벤 압스데얼스」란 영화를 보니 베토벤 하우스의 모습이 그대로 겹쳐오는 듯 했다.

미국의 동북부 해안가에 있는 그림같이 아름다운 아카디

아에서 카페리를 타고 캐나다령인 노바스코셔를 거쳐 프린스 에드워드 섬에 이르면 몽고메리 워드의 생가와 그녀 작품의 배경을 재현한 마을이 있다. 우리나라에는 「빨강머리 앤」이라고 알려진 작가의 고향이다. 그러나 그 원명은 「Anne of Green Gables」이고 그 후속 작품으로 쓰여진 많은 소설들 또한 지금까지도 세계 애호가들의 사랑을 받고 있는 작가이다. 그녀의 생가 또한 애호가들에 의해 기념관으로 만들어 운영되고 있다. 물론 입장료는 받지만 그곳을 관리하는데 조금의 도움이 되는 것뿐이다. 문학관은 너무도 정결하게 그녀의 모든 것을 정리 정돈해 보존하고 있었고, 전문적 수준의 안내까지도 겸하고 있었다. 심지어 그녀가 태어났던 요람까지도 전시하고 있을 뿐 아니라 「Anne of Green Gables」를 그대로 재현해 놓은 집은 그 작품을 읽은 사람이면 누구나 작품 속에 들어와 있는 듯한 착각마저 들게 한다.

미국의 최남단 섬이라는 키 웨스트에 있는 헤밍웨이의 집도 새로운 감동을 주는 곳이다. 50개의 작은 섬들을 다리로 연결하여 만든 도로(Over Seas Highway)를 따라 양켠으로 시시각각 물색이 변하는 산호초의 바다를 지나 화이트해드 거리(Whitehead St.)에 이르면 대문호의 살던 터가 나온다. 늘 살아온 집을 지킨다는 고양이들이 가득 살고 있는 헤밍웨이의 집에는 그의 작품들은 물론 그를 알릴 수 있는 자료들이

나 그가 살아서 사용하던 물품들로 채워져 있고 특별히 그가 집필하던 방은 경건한 마음까지 들게 한다. 「무기여 잘 있거라」, 「누구를 위하여 종은 울리나」, 「킬리만자로의 눈」 등의 주옥같은 작품들이 집필되었다는 스페니시 콜로니얼풍의 저택에서는 아직도 그의 숨결이 묻어나는 듯 했다. 뿐만 아니라 헤밍웨이가 2만 달러를 들여 키 웨스트 최초의 수영장을 만들었다는데 그곳에 모두 투자하기 위해 시멘트 바닥에 집어넣은 최후의 1센트조차도 관광객들을 재미있게 한다. 그 곳 사람들은 기념관만이 아니라 그가 살아서 즐겨가던 카페까지도 여전히 운영하고 있으며, 저녁이면 사람들이 가득 모여서 그를 기리는 음악과 멘트로 그를 회상하며, 여행자들의 객수감을 달래 주기도 한다. 물론 카페 안에도 그가 늘 즐겨 앉던 자리에는 이를 설명하는 팻말을 놓아두는 것도 잊지 않았다.

이와 같은 곳들과 효석문학관을 비교하려는 것은 아니다. 불행히도 우리는 전화로 인해 소실된 유적도 많고 어려운 시기를 겪으면서 문화유적에 대한 보존의식을 찾을 여력을 갖는 것도 힘들었을 것이다. 또한 이런 역사의 상흔들로 인해 많은 것들을 잃었을지도 모른다. 그러나 지금 남아 있는 것들만이라도 지혜롭게 잘 정리 보존한다면 우리만의 독특한 개성을 지닌 차별화된 향토문화의 유산을 지키고 보여줄 수 있지 않을까.

문화유적지에는 가능한 본래의 모습을 유지하고 말끔히 관리하면서 운영을 위해 입장료를 받고, 그 문화유적의 의미가 담긴 기념품점은 유적지 외곽지역에 두고 운영을 위한 자금원으로 활용하면 좋지 않을까 한다.

봉평은 이미 효석마을로 또 해발 700m의 사람이 가장 살기 좋은 기후를 가진 지역으로도 잘 알려진 마을이다. 이곳만의 특징을 잘 살려서 문학관을 운영한다면 마을 전체가 문학을 테마로 하는 훌륭한 명소가 될 수 있을 것이다.

어디를 가나 똑같이 음식점들만 즐비한 관광지라면 사람들의 관심을 끌지 못할 것이다. 우리는 전쟁을 겪으며 어려운 시절을 보내서인지 사람들이 모이는 곳이면 어디나 먹거리부터 생기는 것이 신기하기도 하다. 봉평도 예외일 수는 없다. 물론 먹거리촌을 형성해서는 안 된다는 의미는 아니다. 이런 것들을 할 때는 유적지 외곽에 두고 테마에 어울리도록 형성시킨다면 전국뿐만 아니라 외국에서도 많은 사람들이 찾아오게 될 것이다.

세계인들이 찾기에 부족함이 없는 문화유산을 가지고 있으면서도 일부는 관심 밖에 둠으로 해서 빛을 보지 못하는 것도 있을 것이다. 또한 이런 지역에서 중요한 것 중의 하나는 친절일 것이다. 관광수입이 높은 나라들은 대부분 친절로 알려진 나라들이다. 쉽게 태국 같은 나라는 치앙라이나 치앙마이 같은 지방까지도 말끔한 객실들이 갖추어져 있고 호텔 커피숍에서 음료수를 시켜도 종업원들이 반드시 손님 앞에 정중히 무릎을 꿇고 앉아서 음식을 놓는다. 일본의 전통음식점에서도 손님들이 들고 날 때면 기모노 차림의 주인이 무릎을 꿇고 엎드려 친절이 묻어나는 인사를 한다.

몇 번 효석 생가를 방문했을 때에는 방문객들만 볼 수 있어 아쉬움이 있었다. 오직 객들만이 안내 팻말을 따라 왔다가 둘러보고 오곤 했다. 그래서인지 외지에서 온 방문객들 중에는 이곳은 어디를 가나 사람들이 너무 무뚝뚝하다는 말을 하기도 한다.

그러나 이곳에 오랜 기간 머물다 보면 강원도 사람들의 꾸밈없는 질박한 정을 알게 된다. 순박한 생활에서 묻어나는 자연스런 행동들이 때로는 무뚝뚝하게 때로는 무관심하고 친절치 못하게 보일지도 모른다. 하지만 천혜의 아름다운 자연과 높푸른 하늘 그리고 청량한 바람과 선명한 조각구름들에 둘러싸여 살아온 사람들이어서 밖으로 내세울 줄 모르는 속정이 깊다. 간간이 들르는 음식점에서도 청하지 않아도 그들만이 가지고 있는 토속음식이나 민속주들을 권하거나 때로는 맛보라며 싸주기도 한다. 훈훈한 정을 지니고 있으나 겉으로 표현할 줄 모르기 때문일 것이다.

　만약 우리의 문학사에 지대한 영향을 미친 작가의 고향이
고 단편소설의 백미라고 일컫는 작품의 배경지인 봉평을 새
로운 테마마을로 구성하고 효석의 유적지를 잘 가꾸어 그
작품 세계를 리얼하게 재현해 낸다면, 온 국민의 사랑을 받
는 향토마을이 될 것이란 생각이 든다. 메밀꽃이 필 때마다
그 희고 깨끗한 모습과 향기가 되풀이되듯 효석의 메밀꽃도
우리의 가슴에 길이 남을 향기이기에….

(「藝術世界」 제144호, 한국예총, 2002. 9.)/

(朝雲隨筆 제16집, 「꽃바위 길을 따라서」, 도서출판 정인각, 2002. 3. 25)

키 웨스트, 헤밍웨이의 집

물위에 떠 있는 징검다리처럼 섬과 섬이 끝없이 이어져 장관을 이루는 다리의 끄트머리, 미국 최남단 산호섬 키 웨스트(Key West)에는 헤밍웨이(Ernest Hemingway)가 살던 마을이 있다.

스페인 색이 짙게 깔린 이 지역은 다습한 아열대성 기후로 포근함이 느껴지며, 일직선상으로 이어진 여러 섬들을 연결시킨 모습이 열쇠를 닮은 듯하여 명명한, 플로리다 키즈(Florida Keys)의 마지막 섬이다.

세계에서 가장 아름답다는 오버씨스 하이웨이(Over Seas Highway)를 달리노라면 햇살이 녹아내린 듯 반사되는 옥빛 물결이 신비롭고, 붉은 수채화처럼 곱게 물든 노을로 시시각각 변하는 물색이 황홀감을 자아낸다.

마이애미에서 US1번 도로를 따라, 남서쪽으로 대습원과

키 라고(Key Largo)를 통과하여 마라톤이라는 작은 마을을 지나면, 그 유명한 세븐 마일스 브리지(Seven Miles Bridge)를 만난다. 멕시코 만과 대서양을 가르는 이 다리를 지날 때면 망망한 하늘과 바다에 둘러싸여 마치 형용할 수 없는 향연의 그림 속으로 빨려드는 듯하다.

키 웨스트는 울퉁불퉁한 암벽해안과 모랫벌 그리고 줄지어 늘어선 팜트리와 하이비스커스 등이 어우러진 조화로운 섬이다. 쇠못을 사용하지 않고 나무못으로 배를 건조하던 목수들이 지은 마하미안 양식의 수많은 집들이 오랜 세월 풍화작용에 노출되어 이색적인 분위기를 이룬다.

인구 3만3천여의 작은 도시에 자리한 헤밍웨이의 집은 1851년 스페인 풍으로 지은 것이다. 1931년 헤밍웨이가 매입하여 약 10여 년 간 생활하였던 이 스페니쉬 콜로니얼의 운치 있는 저택에는 그의 작품들은 물론 수많은 자료들과 그가 생전에 애용하던 것들로 가득하다. 이러한 유품들과 그가 매우 사랑하였다는 고양이의 후손들이 살고 있는 것을 보면 지금도 집안 구석구석에서는 그의 자취가 서려있는 듯 문호의 숨결이 느껴진다. 특히 잘 보존되어 있는 그의 집필실은 '이곳에서 헤밍웨이가 저 작은 펜으로 그 불후의 명작들을 써냈구나'하는 가슴 뭉클한 감동을 일게 한다.

캐나다 토론토스타지의 기자로서 유럽을 다니며 그리스나

터키전황을 보도한 헤밍웨이는 귀국 후 1929년에 전쟁의 허무와 고전적 비련을 주제로 전쟁문학의 걸작인 「무기여 잘 있거라」, 「누구를 위하여 종을 울리나」, 「킬리만자로의 눈」 등 주옥같은 작품들을 바로 이 저택에서 내놓는다.

제1차 세계대전 중 헤밍웨이가 부상으로 밀라노에 입원했을 때 그를 간호하던 아그네스 폰 쿠로프스키 간호사를 사랑하게 되나, 그녀의 결혼 거절로 그는 씻을 수 없는 실연의 아픔을 갖는다. 젊은 시절 그의 작품 대부분이 사랑과 전쟁을 그린 것도 이 같은 경험과 무관하지 않을 것이다.

종전 후 오랜 침묵을 깬 헤밍웨이는 낚시를 위해 키 웨스트에 집을 구입하고, 쿠바 만류에서 큰 녹색치를 잡는 마력에 빠져 낚싯배 파일러를 마련한다. 그가 지극히 아끼고 사랑했던 이 배는 U보트를 유인하는 장비를 갖춘 당시로는 성능이 뛰어난 것이었다. 여기서 1937년 경제 불황기의 키 웨스트와 그 인근을 배경으로 「유산자와 무산자」 같은 이전과는 다른 경향의 글을 발표하면서 사회문제에도 큰 관심을 표출한다. 하지만 그는 결혼에 연이어 실패하자 4번째로 메리 웰시와 혼인한 후, 쿠바의 아바나 교외에 있는 어촌마을 고히에 자리한 아담한 농장 핑카 비지아에서 생활하게 된다.

키 웨스트에서 쿠바 쪽 멕시코만을 바라보노라면, 1952년 발표하여 1953년에 폴리처상을 그리고 1954년에는 그에게 노벨문학상을 안겨 주었던 인간의 극한과 끝없는 투지를 다룬 「노인과 바다」는 아마도 이곳 바닷가에서 구상된 것이 아닐까 여겨진다.

서구에서는 바다를 모험의 장이나 하나의 개성으로 보나 동양에서는 현실도피와 죽음 또는 부활로 표현된다. 이러한 점이 그가 바다와 낚시를 즐기게 된 연유였는지도 모른다.

창작에 혼신의 힘을 다했던 호쾌하고 민첩한 헤밍웨이도 1953년 아프리카 여행 중 두 차례에 걸친 비행기 사고로 중상을 입는다. 이로 인해 그는 신체적 또는 정신적 불안과 우울증에 빠져 1961년 핑카에서 돌아온 후 아이다호 케첨의 자택에서 엽총사고로 사망하였다고 하나 자살로 추정되기도 한다.

헤밍웨이가 왕성한 저작활동을 하였던 907 화이트헤드 스트리트에 소재한 이 저택은 국정 기념건축물로 지정되었다. 그가 2만 달러를 들여 기 웨스트 최초의 수영장을 만들면서 시멘트 바닥에 넣어 굳힌 마지막 남은 1센트조차도 관광객들의 시선을 붙잡는다. 이렇듯 그의 흔적은 이 기념관뿐만 아니라 키 웨스트 전역에서 만나 볼 수 있다.

키 웨스트는 1822년 미국령이 되면서 국방상 요지로서 해군기지로 사용되었으나, 항공기의 발달로 1974년부터는 공군만이 남게 된다. 그 후 민관(民官)협동으로 옛 해군시설물들을 관광객 유치를 위한 시설로 바꿈에 따라 19세기의 호화로운 대저택과 역사적인 건물들이 서로 조화를 이루는 대표적인 휴양지로 자리매김 된다.

그린 스트리트에 자리한 '캡틴 토니스'살룽은 플로리다에서 가장 오래된 바의 하나이다. 헤밍웨이가 살던 시절의 분위기와 그리 달라지지 않았다고 하는 이곳은 헤밍웨이와 이 레스토랑 주인의 친교가 인연이 되어 많은 문학애호가들이 찾는 쉼터다. 이 섬에서 다수의 명작을 발표했던 도스 파소스, 테네시 윌리암스, 로버트 후로스트와 같은 헤밍웨이의 친구들도 머물던 곳으로써 아직도 예술가들의 발길이 잦은 명소이다.

듀발 거리에 있는 '슬로피 조스'는 헤밍웨이가 자주 가던 생음악 카페이나 저녁 열시부터는 디스코도 출수 있다. 헤밍웨이가 늘 즐겨 앉던 자리에는 이를 설명하는 팻말이 놓여 있어 대가를 기리려는 그들의 마음이 엿보인다. 이처럼 키웨스트인들은 헤밍웨이가 생전에 좋아하던 카페까지도 예스럽게 운영하고 있으며, 밤마다 모여 그를 기리는 음악과 멘트로 여행자들의 객수를 달래주기도 한다.

사이몬턴 거리에 있는 '키웨스트 핸드 프린트 패브릭스'는 담배창고를 개조한 염색공장으로 전속 디자이너가 만들어낸 화려한 프린트 무늬의 옷감들이 관광객들에게 즐거움을 준다. 이곳 상가들은 헤밍웨이의 초상이 프린트된 티셔츠나 소박한 기념품들로 채워져 있다. 이런 면에서 미국인들의 실용주의에서 오는 재활용의 미덕과 검소함이 느껴진다.

듀발거리에 있는 미국요리와 쿠바요리로 잘 알려진 '클레르' 식당에서는 종이 테이블클로스에 크레용을 놓아 두어 손님들이 요리가 나올 때까지 그림을 그리거나 낙서를 하며 기다릴 수 있도록 배려하는 재치도 보인다. 또한 이 거리에는 독특한 디자인의 의류들을 파는 디미트리스가 있어 흥미롭다.

맥주로 요리한 새우와 생굴, 그리고 바다가재와 같은 해물요리로 명성이 높은 루즈벨트 거리의 '캡틴 봅스 슈림프 독'에는 유달리 바닷가의 향취가 어려 있다. 특히나 올드타운의 피어 하우스 리조트에서 바라보는 낙조는 마치 오렌지 빛 물결 위에 유영하는 꿈의 궁전을 보는 듯하다.

키 웨스트에 가면 헤밍웨이를 만날 수 있다. 인물이 명소를 만들고 그 명소가 그 인물을 영원히 기억케 한다. 헤밍웨이가 타계한 지 오랜 세월이 흘렀다. 하지만 여전히 키웨스트 거리 곳곳에서는 그의 체취가 묻어난다. 그의 문학을 통해서건 독특한 삶의 흔적에서건 그를 아끼고 사랑하는 모든 이들은 대서양을 불어오는 해풍 속에서 불세출의 거장을 만나고 있는 것이다.

(「문학의 집·서울」, 제12호, 자연을 사랑하는 문학의 집·서울, 2002. 10월호/ 「문학시대」, 제62호, 문학시대사, 2003. 신년호/「공공정책21」 '서종남 교수의 세계문화유산 답사기②', (사)한국공공정책자치연구원, 2006. 8월호

몽고메리의 고향, 프린스 에드워드 아일랜드

캐나다 동쪽해안에 자리한 초승달모양의 작은 섬, 프린스 에드워드 아일랜드(Prince Edward Island)는 「빨강머리 앤」의 작가인 루시 모드 몽고메리(Lucy Maud Montgomery)의 고향이다. 본토에 매달려 수줍어 고개를 숙이고 있는 듯한 이 섬은 휴가철에도 그리 붐비지 않아 그 어느 곳보다 원초적 고요함에 젖게 한다.

P.E.I.는 인구가 약 14만(2006년)밖에 되지 않는 캐나다에서 가장 작은 주이나 경관이 매우 뛰어나고 정책적으로 주택의 변형을 금지하고 있어 옛 정취를 고스란히 간직하고 있는 곳이다. 해발 137m의 구릉 위에 세워진 주도(主都) 샬럿타운(Charlottetown)은 굴곡진 해안선으로 둘러싸인 영국식 민지풍의 관광도시로 3만 여명의 주민이 평화로이 살고 있다.

우드아일랜드로부터 남쪽 해안도로를 따라 샬럿타운 시내를 돌아보고 픽스워프, 빅토리아 공원을 거쳐 중북부 해안에 자리한 카벤디쉬로 가면, 루시의 생가와 소설의 배경이 된 그린게이블즈 하우스에 이른다.

초록지붕 집(Green Gables House)은 「빨강머리 앤」의 원명인 「초록지붕 집 앤」의 무대이다. 19세기의 가구들과 다리미, 타자기 등 갖가지 예스런 유품들은 현실과 소설을 구분하기 어려울 정도로 모든 게 생생하기만 하여 작품 속 인물들이 금세라도 튀어 나올 것만 같다. 2층 앤의 방에 올라가면 창밖으로 앤과 단짝친구인 다이애나와의 만남의 장소였던 '유령의 숲'이 내려다보이고, 아래층 마릴라의 방과 집 옆으로 흐르는 개울, 그리고 '연인들의 오솔길'도 작품 속 풍경 그대로 재연된다.

집 앞 잔디밭에서 빨강 가발의 앤 복장을 한 소녀들이 카메라 앞에서 들뜬 표정을 짓고 서 있는 모습이 무척 인상적이다. 근처 예쁜 선물가게로 가면 루시와 앤의 로고가 붙은 소설 속의 소품들과 작품집, 비디오테이프, 기념화, 포슬론 같은 기념품들이 유달리 눈길을 끈다.

「초록지붕 집 앤」 작품 속 배경의 하나인 박물관(Anne of Green Gables Museum)은 루시의 작은어머니가 실제로 거주했던 곳으로 초판본 소설과 사진 등 그녀의 체취가 배인 자료들이 소장되어 있어 한눈에 작가의 모든 것을 볼 수가 있다.

루시의 생가(L. M. Montgomery's Birthplace)는 동화 속에 나오는 집처럼 아담하다. 그녀가 태어난 방에는 깜찍한 요람, 고운 웨딩드레스, 낡은 스크랩북 등이 제자리를 지키며 그녀의 일생을 말해주고 있다. 주방에는 반지르르한 무쇠난로가 고전적인 풍모를 자아내며 늘 예쁜 것을 선호했던 그녀의 취향을 대변한다.

루시는 1874년 11월 30일, 이 섬 클리프톤의 작은 집에서 스코틀랜드 계의 부모 사이에서 태어난다. 그러나 가엾게도 두 살 때, 어머니를 폐결핵으로 여의고 아버지마저 서부로 가게 되어 외가에서 자란다. 목가적 여유, 고즈넉한 정취를 사랑하게 된 것도 외로운 그녀에게 유일한 벗이 자연이었기 때문일 것이다.

루시는 열다섯 살까지 외가 건너편에 자리한 카벤디쉬학교에 다녔다. 희고 나지막한 지붕의 학교는 그녀에게 꿈의 세계였다. 빽빽이 들어선 전나무, 촉촉이 젖은 이끼, 꽃들이 만발한 오솔길 사이로 또 하나의 굽은 오솔길이 나 있는 곳에 자신의 학교가 있는 것을 그녀는 늘 고마워했다. 오래된 가문비나무 작은 숲길은 그녀가 어릴 적 그리던 상상 속의 아름다움이자 로맨스였으며, 계절의 변화에 따라 달라지는 빛과 소리는 그녀에게 자연의 또 다른 비밀을 알게 해준 영감이자 메시지였다. 루시는 그것들이야말로 교실에서 배운 어떤 것보다 자신의 생애에 매우 강렬한 영향을 미쳤다고 1917년 출판한 「험난한 길, 내 삶의 이야기The Alpine Path, The Story of My Career」에서 밝히고 있다.

프린스 앨버트에 살던 시절, 루시는 카벤디쉬의 절친한 친구 팬지 마크네일에게 보내는 편지에서 '가끔 꿈속에서도 갈색 바윗돌과 예쁜 자갈이 깔리고 푸른 바닷물이 부서져오는 그 아름답던 해변이 보인다. 이 순간도 단풍나무와 자작나무 그리고 포플러 숲 사이로 난 옛 오솔길들이 보고 싶다. 그곳을 떠난 후 좋다는 곳을 많이 가보았지만 카벤디쉬만큼 좋은 곳은 어디서고 볼 수 없으니, 팬지는 거기서 오래 머물러 살기를 바란다 '며 고향에 대한 그리움을 토로한다.

P.E.I.국립공원이 있는 카벤디쉬의 푸른 바다와 붉은 절벽, 그리고 그 위로 피어난 끝없이 이어진 들꽃 사이로 드문드문 얼굴을 내민 집들은 잘 만든 모형처럼 아기자기하다. 수평선을 굽어보는 처연한 등대, 해변 산책로를 따라 보드라운 모래톱을 걸으며 바라보는 일몰, 들판을 수놓은 보랏빛 꽃무리와 조화를 이룬 붉은 토양을 보노라면 왠지 모를 슬픔이 몰려온다.

파도에 밀려온 바다 내음, 파란 언덕을 넘어오는 소슬바람조차 루시의 문학적 상상력을 끝없이 자극하고 창작욕을 끓

어오르게 하였으리라. 이 천혜의 섬 곳곳에 펼쳐지는 오래된 나무집들과 목초지의 평화로움은 날줄과 씨줄이 되어 그녀의 작품을 환상적으로 직조케 하였을 것이다.

「초록지붕 집 앤 Anne of Green Gables」은 루시의 자전소설이자 첫 작품이다. 빨강머리의 고아소녀 앤이 마릴라와 매슈 남매의 집에 입양되면서 일어나는 이야기이다. 이 소설은 그녀가 서른 살 봄에 쓰기 시작하여 이듬해 10월 딸고하였으나 출판사마다 외면하여 영원히 묻히는 듯했다. 3년이 지난 어느 날, 우연히 다락방에서 원고를 발견한 루시는 시간 가는 줄 모르고 읽고 나서야, 용기를 내어 미국 보스턴의 한 출판사로 원고를 보냈고, 얼마 후 5백 파운드에 사겠다는 연락을 받는다. 우여곡절 끝에 빛을 본 이 작품은 독자들의 관심을 끌기 시작해 출간된 지 수개월 만에 베스트셀러가 된다.

「초록지붕 집 앤」의 후속편 「애번리의 앤 Anne of Avonlea」이 나오고, 4편으로 된 「애번리 이야기들 Tales from Avonlea」이 출간된다. 이후 주옥같은 저서들이 속속 출간되어 오늘날까지 독자들의 사랑을 받고 있으며, 영화로도 만들어져 원작 못지않은 인기를 얻고 있다. 따스한 인간애를 그려내는 감성은 루시의 매력이나 그녀의 글엔 아픔이 깃들어 있다. 독자들은 소재의 친숙함에서 그것을 잊고 있는지도 모른다.

「애번리 이야기」의 주인공 세라 스텐리 또한 어려서 엄마를 잃는다. 아버지는 재혼하지 않고 사업에만 열중한 채 아내에 대한 그리움만 안고 살아간다. 그러나 독신 여교사인 큰이모는 일찍 세상을 떠난 여동생의 남편을 미워하며 가족으로 받아들이지 않는다. 특히 작은이모가 집안에서 살림만 하면서 영원히 자신의 옆에 있기를 원한다. 그리하여 글 잘 쓰고 착한 그녀에게 구애하거나 청혼하는 남자들을 떠나보내거나 갈라놓는다.

루시는 까다롭고 지나치게 엄격했던 조부모의 모습을 마릴라라는 인물로 나타내고, 자신이 이상시했던 양육자의 모습으로는 자애로운 매슈를 통해 형상화 하였으며, 자신이 그리던 아버지의 상은 세라의 아버지로 구현해낸 것으로 보인다. 반면에 등장 인물간의 갈등은 루시가 젊은 새엄마와의 관계에서 겪었던 고통과 부성애의 결핍에서 빚어진 심리적 표출일 것이다. 그녀는 외할머니가 돌아가실 때까지 37살이 되도록 약혼자를 두고도 결혼하지 못하다가 외가와의 관계가 모두 정리되고서야 결혼하게 된다. 가족사의 굴레를 벗어나기가 어려웠기 때문이리라.

루시는 1911년 외할머니가 세상을 떠나자 맥도널드 목사와 결혼한 후, 남편의 목회지인 온타리오주 리크스데일에 살

림을 차린다. 이듬해 큰아들이, 그 3년 뒤 둘째 아들이 태어
난다. 사모로서 교회봉사와 작품 활동으로 바쁜 나날을 보내
지만, P.E.I.를 떠난 타지에서의 생활은 그녀를 매우 힘들게
했다. 친구 에브라임 웨버에게 '몇 주일의 여름날을 P.E.I.에
서 정말 아름답게 보냈으며 그곳은 언제나 영감을 준다'고
보낸 편지에서나, 고향이 주는 기쁨은 어느 샌가 그녀의 가
슴 속으로 파고들어 굶주린 자신의 영혼을 마치 독수리의
날갯짓으로 심장과 마음이 하나가 되게 한다고 쓴 글에서도
그녀의 심경을 읽게 된다.

　붉은 대지를 뒤덮은 데이지꽃밭, 쪽빛 클로버 들판 사이로
석양이 내려앉는다. 전나무 숲을 비껴 돌아 흐르는 푸른 바
다의 장엄한 풍광을 바라보면서 살 속까지 스미는 행복감에
젖었을 작가의 모습이 그려진다. 67세에 영면한 루시는 카
벤디쉬로 옮겨져 그녀가 거닐던 연못과 해변, 그리고 포구와
모래언덕이 잘 내려다보이는 부근의 공동묘지에 안장되었다.
그토록 사랑하면서 꿈을 일구던 P.E.I.에 영원히 묻혀 영감
과 기쁨의 붉은 땅으로 돌아간 것이다.

(「문학시대」(제63호, 2003 봄호. 2003. 4. 1. /「문학의 집·서울」제 39호,
자연을 사랑하는 문학의 집·서울, 2005, 1월호/「공공정책 21」, '서종남 교수의
세계문화유산 답사기', (사)한국공공정책자치연구원, 2006. 7월호/
「문학미디어」 제2권 제5호, 문학미디어, 2007. 여름호)

서정, 탐구, 조화의 미학
- 서종남의 수필세계

鄭木日 | 수필가·한국문협수필분과회장

2003년 12월 초순 수필가 서종남씨의 작품을 읽어보았다. 문학·교육학을 전공한 박사학위 소유자이고 15년 간 해외에서 생활해 온 분이기에 그의 삶이 농축된 수필을 보고 싶었다. 처녀 수필집의 발문을 부탁 받고서 승낙한 것도 호기심이 있었던 까닭이다. 갑작스런 부탁이고 시간이 촉박한 사정이 있었기에, 뜸을 들여 느긋이 쓸 수 있는 시간이 없었다. 대번에 형상만을 그려서 색칠을 한 다음 내주어야 할 판이었다.

분량이 많지 않았기에 다행으로 여기고 정독해 보았다. 수필집을 읽어본다는 것은 한 사람의 삶과 인생을 들여다보는 행위이며 영혼 교감과 같은 일이다. 수필집 한 권을 다 읽고 나면 삶의 주제와 궤적을 알게 되고, 개성과 사랑과 눈물까지를 다 알게 되어 친근감이 들게 된다. 이러한 정감의 교류가 수필이 갖는 친화감이 아닐까 한다.

충청도 양반 집의 10남매 중에 막내딸로 태어나 유교적인 가풍과 농경 정서 속에 성장하였고, 서울로 유학한 다음, 외교관의 아내로서 해외에서 학문 탐구와 봉사 활동으로 치열한 삶을 살아왔던 한 지식인의 삶을 들여다보는 기회를 갖게 되었다.

여성 수필가의 수필집 목차만을 살펴보면, 대개 자신, 남편, 아이, 시댁, 친정, 이웃, 동창, 주말여행 등이 소재이며 삶을 이루는 체험 공간과 인간관계라는 것을 알게 된다. 흔히 신변잡사를 수필로 썼을 때에는 당사자는 삶의 기록으로 남기고 싶은 꼭 기억할만한 일일지라도, 독자들의 입장에서 보면 진부한 소재이며 대동소이한 내용들이 많다. 그러기에 호기심이 일지 않는다. 평범하고 개인적인 일들의 기록에 불과해 보인다.

수필의 묘미는 개인적 체험의 사회적 확대에 있다. 신변잡사를 소재로 하였지만, 개인적인 기록에 머물지 않고, 많은 사람들의 인생에 도움이 되는 발견과 해석, 의미 부여와 가치의 창출이 있어야만 공감을 얻게 되고 비로소 수필이 될 수 있는 것이다.

1. 선명한 주제의식

서종남 수필가의 글에선 선명한 주제의식을 보이고 있다. 글을 왜 쓰는가에 대한 자문자답을 통해 '신변잡기'가 아닌 '수필문학'의 추구와 진지한 탐구를 보여준다. 이는 학구적인 삶의 자세에서 오는 저력과 선천적인 감성, 남다른 열망과 탐구력 때문이 아닌가 한다.

시간의 흐름은 생의 잠식이다. 시간이 가면 자의와는 관계없이 나이를 먹게 된다. 이처럼 빠른 속도로 나이는 들어가는데 번듯한 일 한 가지 제대로 한 것이 없다. 혼신을 다해 뛰어온 마라톤이어야 하는데… 이 경주는 승부만을 가리기 위한 것이 아니라, 뛰는 순간 순간이 모두가 귀중한 인생의 과정일 것이다.

따라서 너무도 많은 이에게, 또 많은 분야에 시간을 나누어야 하므로 시간은 더욱 소중하고 시간이 흐르는 것이 안타깝기만 하다.

노년에 초라하지 않기 위해, 아니 스스로 허탈해지지 않기 위해, 어쩌면 젊은 날을 더 열심히 살아야 하리라.

새 달력을 갈아 걸 때마다 새로운 각오로 시간의 무게를 겨냥하면서 나이를 이기는 비결을 생각해 본다.

—「시간이라는 강」 중에서

「시간이라는 강」은 시간과 삶에 대한 성찰과 탐구를 보여주며 주제의식이 뚜렷하다. 시간의 흐름과 무게와 질감을 삶에서 찾아내며 존재에 대한 자아찾기의 치열함과 시간을 헛되게 허비하지 않으려는 자의식을 드러낸다. 이런 경향은 이 작품에만 국한하는 게 아니고 모든 작품에 해당된다.

2. 서정의 숲과 샘

그의 글엔 서정의 숲과 샘이 있다. 마르지 않는 한국적인 서정의 숲과 맑은 샘을 가슴에 지니고 있다. 세계화 개방화 바람에 모든 것들이 획일화되면서 민족문화는 정체성을 잃고 국적 불명의 문화 속으로 편입되거나 퇴색돼 가고 있다. 이런 추세 속에 우리 정서의 맑은 샘을 찾아내고 후대에 알려주려는 노력이야말로 소중한 일이다.

「새보기」「장독대」「겨울의 서정」 등의 작품에서 잃어가는 농경정서의 재음미, 「목련이 꽃망울을 터뜨릴 때」에선 전통적인 부덕을 지닌 어머니의 삶이 목련꽃처럼 피어 있다. 인고와 희생을 마다하지 않고 여성으로서의 역할과 우아로운 삶을 꽃 피우고자 했던 옛 우리 여인들의 모습이 창호지 방문에 실루엣처럼 아른거린다.

바람결에 벼 잎사귀 사운대는 소리, 여름 나무를 울리는 매미 소리, 하늘을 떠가는 뭉실 구름, 어느 것 하나 정겹지 않은 것이 없었다.

넓은 논에는 방사형으로 줄이 쳐져 있고, 거기에는 군데군데 조약돌을 매단 깡통들이 달려 있었다. 드넓은 황금벌판에는 드문드문 허수아비가 사람처럼 버티고 서서 새를 지킨다. 구멍 난 밀짚모자에 다 헤진 흰 적삼을 걸쳤지만 그 모습은 당당해 보인다. 두 팔을 벌리고 외발로 선 채 새보기에만 충실한 허수아비—. 그러나 약은 참새들은 좀처럼 허수아비에 속지 않는다.

처음엔 새들을 향해 '훠어이— 훠어이—' 하고 어린 목청을 돋운다. 그래도 참새 떼들은 들은 체도 않는다. 하는 수 없이 줄을 당겨 깡통소리를 요란히 낸다. 그러면 참새 떼는 놀라 까만 먹구름이 되어 저 멀리 날아간다.

그것은 한 폭의 그림이었다.

—「새보기」 중에서

추수를 앞둔 황금 벌판과 참새 떼들의 출몰, 벼를 지키려는 사람과 먹이를 찾으려는 새들 간의 일대 다툼은 농경시대를 떠올리는 생생한 수채화가 아닐 수 없다. 새를 쫓기 위한 방편으로 허수아비가 등장하고 깡통소리를 내기도 한다. 이런 시각적 청각적인 방법을 사용하여 새들과의 지능적인 신경전을 벌이던 시절이 향수가 되어 떠오른다. 서종남 수필의 서정성은 성장환경인 농촌의 자연이 준 것이다. 어릴 적 자연으로부터 받은 선물이 아닐 수 없다.

3. 교육애의 발로와 실천

그의 수필엔 교육애가 넘쳐흐르고 공동체 사회 건설을 위한 꿈이 있다.

서종남 수필가는 어머니로서 아들에게 자연애와 꿈을 키워주기 위해 남다른 열의와 교육적인 배려를 보여준다. 「별바라기」는 아들과 함께 별을 탐사하기 위한 여행과 체험을 감동 있게 그린 작품이며, 「북구의 산타」는 모든 어린이들에게 꿈을 심어주고 싶어 하는 마음을 형상화한 작품이다. 자라는 어린이들에게 꿈과 이상을 심어주려는 교육애와 정신은 봉사활동과 공동체의식의 구현과 닿아 있다.

이러한 교육애는 대학 강단에서 학생들을 가르치는 직업의식의 표출이기도 하겠지만 외교관의 부인으로 오랜 동안 해외에서 한국을 대표하는 문화사절단의 역할을 해온 데서 밴 자연스런 의식의 발로라 여겨진다.

새벽녘이 가까워서야 하늘에 희미한 별 하나가 얼굴을 내밀었다. 얼른 아이를 깨웠다.

혁이는 잠결에 "금성이구나" 하며 벌떡 일어났다. 혁이는 아무리 깊이 잠들어도 별이 떴다고 하면 언제라도 금세 일어나곤 했다. 어떨 땐 그런 혁이의 모습을 보면, 그 애에게서 어떤 신비로움이 느껴지기도 하다.

혁이는 부지런히 렌즈의 초점을 맞추었다.

금성을 이르기를 해질 무렵 서쪽 하늘에 빛날 때는 '개밥바라기'라 하고 새벽녘 동쪽 하늘에 뜰 때는 '샛별'이라고 한다. 때로는 이 샛별보다 화성 목성 토성이 한층 더 밝게 보일 때도 있다고 설명한다.

렌즈의 초점을 맞추고 초롱초롱한 눈을 빛내며 관측하던 혁이는 짙은 안개 때문에 똑똑히 볼 수 없음을 못내 아쉬워하며, 또 다른 별의 출현을 기다렸다.

그러나 쏟아지는 별빛이 비처럼 내려주기를 소망하는 아이의 바람은 아랑곳없이 날이 새고 말았다. 다음날 밤을 기대하며 애써 아쉬움을 달래는 모습이었다.

혁이는 종일 바닷물에 뛰어 들어 조개를 잡으며 놀이에 열중하면서도 가끔씩 하늘을 살핀다.

그 눈에 집요한 소망이 어린다.

—「별바라기」 중에서

아들과 어머니가 밤을 새우며 별을 관측하고 있다. 별은 무엇인가. 지상과 천상을 이어주는 무한의 통로이며 신비와 꿈의 문이다. 어머니와 아들이 밤을 새면서 별을 관측하는 것은 교육적인 배려와 함께 무한의 꿈을 열어주려는 것이다. 어머니와 아들이 함께 하는 체험을 통한 생생한 교육 장면

이 서정적으로 그려져 있다.

서종남 수필의 장점은 감성 위주의 서정세계의 전개나 논리 위주의 논리수필의 전개에 있지 않다. 그렇다고 관념과 수사에 치우친 문장도 아니다. 서정적인 문장 체계를 이루고 있지만 논리에 벗어나지 않고, 감성으로만 치우치지 않는 조화와 균형을 이루고 있다.

4. 다양한 체험과 탐구정신

서종남 수필의 특질은 다양하고 흔치 않은 체험에 있다. 독서나 지식을 통한 간접적인 체험이 아닌 현장과 치열한 삶을 통한 직접 체험에서 뜨거운 생동감을 전해준다. 그는 봉사자로서 현장의 체험, 외국에서 문화차이의 벽을 극복하면서 자신이 겪은 생생한 삶을 작가와 학자의 관점에서 새롭게 해석하여 보여준다.

「나일강의 꽃」은 3년간의 이집트생활에서 잊을 수 없는 사람들과의 관계에 대해 쓴 글이다.

이집트에서 묵묵히 집중력을 투입하여 희생과 봉사로 일관하는 봉사자들의 삶과 인생이 감동적이다. '마티나 수녀님' '아름다운 노부부 번스씨' '꽃꽂이 봉사를 하는 오르간 연주자'의 삶이 이슬 젖은 꽃향기로 가슴에 닿아온다. 이집트 말을 배워가며 외국인과 친구로 사귀면서 봉사와 희생으로 기쁨과 사랑을 나누는 실천자의 모습이 감동으로 다가온다.

나는 그 곳에서 삼 년 간 수녀님께 영어를 배운 적이 있다. 아니, 그
것은 참다운 아름다움이 무엇인가를 배웠다고 하여야 옳을 것이다.

그 수녀님의 표정엔 평화와 사랑이 넘쳤고, 그 모습엔 편안함과
자애로움이 있어 그분을 바라보는 것만으로도 마음의 평정을 찾게
했다. 참으로 신비한 감동을 주는 분이었다.

마티나 수녀님.

스위스에서 태어나 어린 시절을 알프스 산정에서 보내고 영국에
서 성장한 후, 수녀가 되어 아프리카에서 대부분의 생을 보냈다고
했다. 내가 수녀님을 만났을 때 그분은 여든 하나였다. 여든이 되어
서야 가나를 떠나 이집트에 오셨다고 한다.

마아디의 나무 그늘을 따라 높다란 담장을 돌면 육중한 수녀원
문이 나타난다. 그곳에 들어서면 절대 순명, 절대 순결, 절대 청빈
의 생활을 하고 있는 수녀님들이 수를 놓거나 책을 읽거나 무엇인
가를 만들며 분주히 오가는 모습이 보인다. 그 곳 정문에서 오른 쪽
으로 세 번째 방이 마티나 수녀님의 공부방이다. 나는 그 곳에 일주
일에 두 번 갔다.

언제나 인사를 하고 나서 서로 마주 앉아 두 손을 모으고 주기도
문을 왼다. 그리고 나서야 영어를 가르친다.

배우는 재미도 있었으나 나에게는 수녀님을 뵙는 일 자체가 즐거

었다. 한국에 관하여는 물론, 단 한 마디의 한국어조차 모르시는 분
이었으나 바로 우리 한국 할머니처럼 친근감이 느껴지는 분이다.

여든이 넘은 수녀님이지만 고운 얼굴에는 항시 미소가 담겼다.

—「나일강의 꽃」 중에서

그의 수필엔 「나일강의 꽃」에서 보여 주듯 외국 생활의
생생한 체험에서 얻은 깨달음이 광채를 내고 있다. 참신한
소재와 작자만이 체험할 수 있는 독자적인 세계를 펼치면서
기록성에 그치지 않고, 인생과 결부시켜 의미와 가치를 부여
한다. 이러한 점에서 신변잡사의 나열이 많은 여느 여성 수
필가의 글과는 완연히 다른 경향과 경지를 펼친다는 점이
놀랍다.

그는 매사에 적극적이며 열성적이다. 옳다고 생각하는 일
엔 서슴지 않으며 신념과 열정이 있고 진지하다.

지난 1999년 5월, 내가 박사학위를 받았고 한국어문학을 가르치
기도 했던 조지워싱턴대학교의 행사에 참석키 위해 워싱턴에 갔을
때이다.

그곳은 미국 정치의 중심 무대로서 의회민주주의를 상징하는 국
회의사당과 백악관이 위치해 있고, 또 나에게는 여러 가지 추억이
어린 젊은 날의 한 기간을 살았던 곳이기도 하다.

그 곳에서 우리 부부는 6·25전쟁 참전 용사로서 대동강 철교 사진을 찍어 퓰리처상을 수상한 맥스 데스포 부부와 함께 하루를 보내게 되었다.

　　―「퓰리처상 수상작가 맥스 데스포 부부와 함께 한 하루」 중에서

퓰리처 수상작가로 6·25전쟁의 비극을 상징적으로 보여 준 부서진 대동강 철교 위로 피난민의 대열이 목숨을 걸고 넘어오는 사진을 찍은 맥스 데스포 씨와의 만남과 인터뷰, 친교는 큰 감동의 여운을 주는 작품이다. 퓰리처 수상작가와의 오랜 교류와 인연, 삶의 모습을 그린 '맥스 데스포 할아버지'는 잊어버렸던 민족상잔의 비극과 전쟁의 참화를 일깨워 주었고, 우리 민족이 영원히 기억해야 하는 잊을 수 없는 한 장의 흑백 사진을 상기시켜 주었다.

5. 예리한 통찰력과 문화비평

「더기 백」은 음식점에서 남은 음식을 싸서 가져가는 것을 말한다. 외국의 절약, 합리적인 생활태도와 우리나라에선 남은 음식이 골칫거리가 되고 있는 현실을 대조하면서 음식문화의 개선과 합리적인 방법을 제시하고 있다. 「게러지 세일」등에선 미국 생활의 효율성과 지혜를 배우게 한다. 문화의 교류와 수입에 있어서 자국의 문화만을 고집하려는 국수주

의는 시대에 뒤떨어져 민족문화를 고사시키는 결과를 자초하게 만드는 요인이 된다. 민족문화의 발전은 외국의 우수한 문화를 받아들여 민족문화를 키워나가야 한다. 문화 수입에 있어서 양질의 문화는 적극적으로 받아들여 민족문화의 자양분으로 삼아야 할 것이고, 저질문화는 배격하여야 한다는 점이다.

서종남 수필가는 우리 문화와 서양 분화를 비교 내조 관점에서 살피면서 긍정적인 면의 수용을 바라고 있다.

「페트의 왕국」은 중편수필로서 미국의 애완동물, 특히 애견에 대한 흥미로운 사례들을 나열하고 있다. 통장을 개설한 개, 8마리 강아지를 데리고 시집온 신부 얘기, 총알이 다섯 개나 박히고도 살아난 개, 안경을 쓰게 된 강아지, 주인과 인사를 나눈 사람이 다시 왔을 때는 절대 짖지 않는 개, 장님, 귀머거리 개, 정기적으로 스스로 다이어트 하는 개 등을 소개하면서 인격을 존중하듯이 견격(犬格)도 존중하여야 한다는 생각을 펼치고 있다.

6. 본격적인 기행수필의 개척

기행문에 있어선 새로운 경지를 열고 있다. 이집트의 경우엔 3년 간 살았던 경험을 토대로, 미국의 경우엔 10여 년 간의 생활체험 속에서 우러난 느낌과 생각들을 정리하여 보여

준다. 어느 작품이나 그의 발길이 있고, 삶의 현장에서 느껴지는 생동감을 느끼게 만든다. 정중동(靜中動)의 여유와 미가 있고, 동중정(動中靜)의 여유와 미가 있다. 자신이 직접 답사하고 인터뷰하는 동적인 모습 속에, 인생의 성찰과 자연에 대한 발견과 관조가 있다. 명상 속에 현장 답사라는 확인과 치열함이 있다.

그는 탐구정신과 치열한 작가정신을 토대로 본격적인 기행수필의 개척에 관심을 드러낸다. 오늘날 많은 기행문이 발표되고 있으며, 기행문집이 간행되고 있지만, 문학적인 평가를 받는 기행문을 찾기가 어려운 실정이다. 대개 출발에서 귀환에까지 시간의 경과에 따라 쓴 일기 형식의 기행문에 그치고, 테마성 전문성 탐구성의 결여를 보이는 작품들이 많다. 서종남 수필가는 이런 기행수필의 차원을 높이기 위해 현장을 여러 번에 걸쳐 찾아 체험과 명상을 통한 발견과 깨달음의 기행수필을 쓰려는 의식을 드러낸다.

왜 명소로 알려지면 먹거리 촌으로 변하는 것일까. 전란으로 피폐했던 가난 때문에서일까. 난 어디를 가나 사람들이 모이는 곳이면 먹는 곳이 즐비하게 세워지는 것을 보며 씁쓸할 때가 많다. 물론 이런 것들이 있어선 안 된다는 의미는 아니다. 지나친 근시안적 발상만으로 추진하지 말고 면밀한 검토를 거쳐 적재적소에 두어야 한다는 것이다. 제대로 기획을 하여 조화롭게 구성을 한다면 옛 정취를 살릴 수 있지 않을까.

유적지는 옛 모습대로 보존하면서 마을 외곽에 숙박시설이나 기념품점 등을 두고, 거기에 다양한 테마로 기획상품을 준비하여 판매하고, 마을에 들어올 때는 운영비를 위해 합리적인 입장료를 받아 지역사회를 위해 활용한다면 얼마나 좋을까를 생각하면서 그리도 다시 와 보고 싶었던 하회마을을 떠났다.

이러한 변화를 보며 미국 동북부 메사추세스의 콜럼버스가 처음으로 발을 디뎠다는 바위가 있는 곳에 위치한 민속마을인 플리머스 빌리지(Plymouth Village)에 갔을 때의 생각이 떠올랐다. 퓨리탄들이 살던 초기의 가옥들과 그 속에 살고 있는 사람들조차도 그 때 그 모습대로 옷도 입고, 손으로는 당시 농기구들로 농사를 짓고, 그 때의 생활을 재현하며 살고 있었다.

물론 농민들이 농업을 떠나 상업화될 수밖에 없었던 농심도 이해 못할 바는 아니나 왠지 서운한 마음이 더 크게 가슴을 차지하는 것 같았다. 그러다 문득 낙동강변의 야외 공연장에서 구성지게 울려 퍼지던 엿장수들의 각설이타령을 떠올리며 우리 가락의 흥겨움과 우리 고가(古家)의 정겨움을 마음에 새기면서 멀리 지는 해를 바라보았다.

—「안동 하회 마을을 찾아서」 중에서

서종남 수필가의 기행문은 지식 정보 위주의 전달이 아닌, 자신만의 고유한 관점에서 전문적인 영역을 파헤쳐 의미의 부여와 해석을 이끌어내는 기행문을 추구하고 있다. 그러나 아직 그 수준에 이르렀다고 할 순 없지만, 본격적인 탐구와 전문성을 추구한 기행수필을 쓰려고 하고 있다는 점을 높이 평가하고 싶다.

그는 교육과 문학, 두 분야의 박사학위 소유자이고 대학에서 강의하는 열성적인 학자라는 점만 보아도 얼마나 탐구적인 사람인가를 짐작하게 한다. 무엇이든지 철저하게 알고 이해하려고 한다. 기행문의 경우도 일회성(一回性) 일과성적(一過性的)인 답사와 느낌만으로 가볍게 쓰는 방식에서 벗어나, 만족을 느낄 때까지 몇 번이고 현장을 찾아가는 열의와 노력을 보여주려 해 호감이 간다.

모든 일에 긍정적일 뿐 아니라, 적극적이다. 바람직한 일을 위해 비판과 대안이 있는 건의도 내놓는다.

그의 수필은 치열한 삶의 고해성사이다. 여성적인 세계를 드러내지만, 섬세한 모습만을 보여주는 게 아니고, 본격적인 테마의 탐구, 참신하고 전문적인 소재, 서정을 바탕으로 한 자연스럽고 안정된 문장이 마음을 끌어당긴다.

한(恨)보다는 사랑, 부정보다는 긍정, 멈춤보다는 진취, 끊임없는 탐구와 실천, 이기를 넘어 공동체 의식에 투합하며,

건전한 인생관을 보여준다. 언제나 식지 않는 꿈과 미래로 향한 뜨거운 열기는 과연 어디서 샘솟는 것일까. 긍정적인 인생관과 존재의식, 정신가치의 소중함에 대한 인식이 그의 작품을 생기에 넘치게 하는 요인이 되고 있다.

서종남 수필가의 글엔 원만과 조화가 있다. 동·서양의 조화, 고전과 현대의 조화, 어린이와 어른의 조화, 학문과 예술과의 조화가 있다. 이런 소화의 비를 갖는 것은 포용과 겸손과 달관의 깨달음에서 오는 것이 아닐까. 그의 수필엔 성숙, 겸허, 관용을 느끼게 하는 여유와 공간이 있다.

서종남 수필집

나일강의 꽃

1판 1쇄 발행 ㅣ 2003년 12월 27일
1판 2쇄 발행 ㅣ 2004년 7월 5일
1판 3쇄 발행 ㅣ 2008년 7월 10일

지은이 ㅣ 서종남
펴낸이 ㅣ 이선우
펴낸곳 ㅣ 도서출판 선우미디어
등록 / 1997. 8. 7 제2-2416호
100-846 서울 중구 을지로3가 104-10
신성빌딩 403 ☎ 2272-3351, 3352 팩스: 2272-5540
E-mail: sunwoome@hanmail.net
Printed in Korea ⓒ 2004. 서종남

값 8,000원
잘못된 책은 바꿔 드립니다.
ISBN 89-5658-048-0 03810